SI ROMPEMOS LAS BARRERAS

SI ROMPEMOS LAS BARRERAS

ALBA G. CALLEJAS

Plataforma
Editorial

Primera edición en esta colección: enero de 2024

© Alba G. Callejas, 2024
© de la presente edición: Plataforma Editorial, 2024

Plataforma Editorial
c/ Muntaner, 269, entlo. 1.ª – 08021 Barcelona
Tel.: (+34) 93 494 79 99
www.plataformaeditorial.com
info@plataformaeditorial.com

Depósito legal: B 20442-2023
ISBN: 978-84-10079-08-3
IBIC: YFM

Printed in Spain – Impreso en España

Diseño e ilustración de cubierta:
Mireya Murillo Menéndez

Realización de cubierta:
Grafime Digital S. L.

Fotocomposición:
gama, sl

El papel que se ha utilizado para imprimir este libro proviene
de explotaciones forestales controladas, donde se respetan
los valores ecológicos y sociales y el desarrollo sostenible del bosque.

Impresión:
Romanyà Valls
Capellades (Barcelona)

Yo vivo en un mundo virtual. Todo lo que veo cuando entro en la Matriz es irreal y, sin embargo, es mi realidad. Podríamos haber descubierto una nueva verdad, o podríamos estar viviendo una mentira. En cualquier caso, es nuestra mentira, y hemos de vivirla.

Las hijas de Tara,
LAURA GALLEGO GARCÍA

*Para quien haya encontrado refugio
en el mundo digital alguna vez.*

*Para Ashera, Tau, Lightmaster y Cristie
por enseñarme que es posible romper las barreras.*

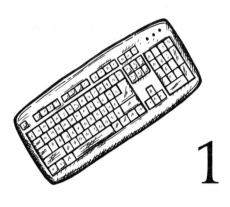

1

Había sido sencillo llegar a la cumbre de la más alta cima de Alanar y, aunque hubiera sido difícil, habría merecido la pena. Ahora un viento furioso sacudía su melena pelirroja, haciendo que la trenza que recogía todo el cabello en uno de los lados de su cabeza azotase su espalda de tanto en tanto. Ante ella, el paisaje quitaba el aliento; podía ver la tierra de todo el País de los Elfos extenderse hasta llegar al mar brumoso del norte. Giró para observar el panorama y desde allí pudo reconocer aún más lugares: las Montañas de los Enanos, el Bosque de los Feéricos, las Tierras de los Ríos donde vivían los humanos. Y las Estepas Heladas, el lugar en el que vivía la raza de orgullosos bárbaros a la que ella pertenecía.

Trataba de distinguir las ruinas del templo que sabía que se hallaba en una isla en medio del lago que separaba las estepas de las montañas, pero la distancia lo hacía complicado. Entonces un mensaje emergió en el chat, resaltado en la esquina izquierda de la pantalla.

Efarin Hoy, a las 23:41
¿Has llegado ya arriba?

Sandalveth Hoy, a las 23:41
Hace un rato. Escalas muy lento.

Efarin Hoy, a las 23:41
Mi personaje ha agotado sus fuerzas, me ha tocado parar a descansar.

Sandalveth Hoy, a las 23:42
Es verdad, a los feéricos no os sienta muy bien el frío.
Tranqui, te espero.

Vera aprovechó el momento para acomodarse en la silla del escritorio. Soltó el ratón para alcanzar la botella de agua que tenía en la mesa junto al monitor y darle un trago. En la pantalla podía ver cómo Sandalveth, su bárbara, entraba en letargo y comenzaba a hacer movimientos automáticos. Parecía que tratase de relajar los músculos después de la larga escalada, o quizá como si quisiera mantenerse caliente ante las gélidas temperaturas de aquella cumbre.

No era de extrañar. La armadura de pieles y cuero tachonado que cubría su musculoso cuerpo dejaba entrever demasiado de su piel, pálida y tatuada, para aquel clima gélido. Por suerte, el orgulloso pueblo de los bárbaros era resistente al frío y aquel 0°C de color azul claro que podía ver debajo del minimapa no le preocupaba. Sin embargo, no le extrañaba que a su compañero Efarin sí le costase llegar hasta allí. Los feéricos vivían en climas templados, así que era probable que le costase ascender hasta aquel punto, incluso cuando había protegido su cuerpo con un hechizo térmico.

Vera estaba tranquila y Sandalveth también lo estaba. Allí no había enemigos, tan solo amplitud y unas vistas que quitaban el hipo. Aprovechó para organizar el interior de sus bolsas y también para releer la última misión que se traían entre manos, mientras jugaba distraída con uno de sus rizos morenos.

Seguían la pista a unos ritualistas que estaban causando caos y descontrol entre los elementos del mundo de Alanar y llevaban un tiempo tratando de desentrañar su plan, que aún resultaba un tanto ambiguo. Después de enfrentarse a un poderoso chamán que había capturado un espíritu del aire, su misión era ascender a la cumbre más alta de todo el continente para liberarlo. Y en esas estaban.

Dio un trago más a su botella de agua y se apresuró a colocarle el tapón al ver que Efarin entraba en su campo de visión. El silfo destacaba allí como una amapola en medio de un campo de hierba. El paisaje que les rodeaba era gris y helador; sin embargo, la piel del feérico era de color verde brillante y la túnica que vestía mostraba los colores de los arcanos de su orden: el rojo y el púrpura. Además, sus alas de silfo, cuidadosamente plegadas para evitar las ráfagas de viento que pudieran dañarlas, resplandecían con reflejos irisados. Definitivamente, era como un faro en medio de aquella montaña.

Sandalveth Hoy, a las 23:49
Por fin. Si hubiera un premio al ascenso más lento te lo hubieran dado.

Efarin Hoy, a las 23:49
Te lo recordaré cuando toque la próxima misión de nado, lista.

Vera sonrió para sí misma. Su compañero tenía razón. Si bien la bárbara era fuerte y resistente en ambientes fríos, parecía que el agua fuera contraria a su naturaleza.

Efarin Hoy, a las 23:50
Guau, menudas vistas, ¿no?

Sandalveth Hoy, a las 23:50
¿Alcanzas a ver el templo del Tercer Amanecer?

El silfo, que se había colocado en la cumbre junto a su bárbara, giró sobre sí mismo para mirar en la dirección que ella le señalaba. Cuando se detuvo, el personaje se abrazó a sí mismo, tiritando por las bajas temperaturas, y, como si lo hubiera planeado, la bárbara soltó una risa que parecía crecer desde el fondo de su pecho.

Efarin Hoy, a las 23:53
Sí, veo el templo y también la zona nueva. Tiene muy buena pinta.

Sandalveth Hoy, a las 23:54
Mi ordenador no da para tanto.

Vera torció el gesto, fastidiada. Llevaba cuatro años jugando a *Reinos de Alanar* y para aquel entonces su ordenador, heredado de su hermano mayor, ya se consideraba viejo. Cuanto más pasaba el tiempo y el juego añadía mejoras y zonas nuevas, más notaba que su equipo no tardaría en quedarse obsoleto. Cada vez tenía más tirones de FPS y sufría daño extra al no poder apartarse de áreas que sencillamente no veía, por cso había decidido retirarse de las escaramuzas jugador contra jugador. Y aunque su pantalla se quedase congelada cada dos por tres, no le molestaba, *Reinos de Alanar* tenía mucho que ofrecer y muchos estilos de juego para disfrutar, pero últimamente se le dificultaban hasta las tareas de *farmeo* al no ser capaz de distinguir bien algunas texturas que su viejo equipo era incapaz de procesar.

Aún recordaba cómo, un par de noches atrás, se había tirado más de media hora buscando un cervatillo en el bosque. Debía brillar bajo la bendición de la Diosa, pero ella no era capaz de encontrarlo. Tardó demasiado en darse cuenta de que, para ella, sencillamente no brillaba. Por más que Efarin le describiese aquel resplandor argénteo que envolvía a la criatura, su ordenador no lo procesaba. Al menos su amigo tenía una paciencia que parecía infinita y no encontraba problema en esperarla cuando tardaba más de la cuenta en completar las misiones.

 Efarin Hoy, a las 23:55
Tienes que buscar un vídeo.

 Sandalveth Hoy, a las 23:55
Sí, debería.

 Efarin Hoy, a las 23:55
En serio. Creo que veo hasta la nueva zona de arenas. Tiene pintaza, de verdad. Seguro que esta misión está hecha precisamente para eso, para que veamos lo que nos espera en el siguiente parche.

 Sandalveth Hoy, a las 23:56
Para quien pueda verlo.

Efarin Hoy, a las 23:56
Tendrías que comprarte un ordenador nuevo, Sanda.

Sandalveth Hoy, a las 23:56
Vale, explícaselo tú a mi madre. Si me deja tener este es porque lo necesito para clase, si no, no tendría ordenador hasta que pudiera comprarme uno.

Efarin Hoy, a las 23:56
Pero esa tostadora está a punto de explotar.

Sandalveth Hoy, a las 23:57
Créeme, si no fuera porque me hace falta internet, ella hubiera preferido comprarme una máquina de escribir.

El silfo soltó una suave risa musical y Vera sonrió para sí misma.

Sandalveth Hoy, a las 23:57
¿Terminamos esta misión? Debería irme a dormir antes de que me pillen...

Efarin Hoy, a las 23:57
Otra vez.

Sandalveth Hoy, a las 23:57
Otra vez.

En esta ocasión, hasta Vera soltó una carcajada en voz baja, aunque enmudeció enseguida, esperando no haber despertado a nadie. La única razón por la que podía jugar un rato a *Reinos de Alanar* era que su madre se había quedado dormida frente al televisor una vez más. Ella desde su habitación, y con la puerta cuidadosamente cerrada, hacía un rato que debería estar acostada.

Aun así, aquellos momentos de rebcldía en que encendía el ordenador a escondidas para encontrarse con Efarin y el resto de compañeros de su clan, merecían todas las broncas del mundo. Escapar de su rutina para recorrer aquel mundo de fantasía era uno de los mejores momentos del día. Aunque fuera solo un rato.

Efarin Hoy, a las 23:58
¿Y qué hay que hacer? Escalamos la montaña y...

Sandalveth Hoy, a las 23:58
Y liberamos el espíritu del viento que había secuestrado aquel chamán.

Efarin Hoy, a las 23:59
Cierto, cierto. Estaba demasiado ocupado no muriendo de frío como para pensar con claridad.

Vera sonrió. Hizo que Sandalveth sacase el orbe de cristal de su morral y lo alzase entre ella y el silfo. Le divertían aquellos momentos de rol en que encarnaban el papel de sus personajes, pero aquella vez no tenía demasiado tiempo. Los minutos en el reloj apremiaban, tensándola a medida que se acercaba la media noche.

Activó el orbe y un hilo de viento comenzó a manar de él y a arremolinarse a su alrededor mientras ascendía hasta fundirse con las nubes.

«Bien hecho, Guerrera. Gracias por liberarme». La profunda voz del espíritu de viento que los había acompañado en las últimas misiones inundó los auriculares inalámbricos que Vera llevaba ceñidos alrededor de la cabeza. «Tu tarea no ha terminado, sin embargo, mis hermanos...».

Un temblor sacudió la pantalla y una nueva voz, más afilada que la anterior, se alzó por encima de ella.

«¿Creías que podrías detenernos?».

Antes de que Efarin y Sandalveth comprendieran lo que estaba sucediendo, un nuevo temblor en la cumbre desestabilizó al silfo y a la bárbara, arrojándolos de la cumbre y haciendo que se precipitasen al vacío.

Vera se aferró al ratón y colocó los dedos en los botones del teclado que podrían servirle para sobrevivir a la caída, pero antes de que pudiera hacer nada, la pantalla se fundió a negro.

Como si el juego se hubiera sincronizado con su vida, el reloj de su casa comenzó a dar las doce, campanada tras campanada, mientras la pantalla volvía a mostrarle una imagen nítida y su bárbara se levantaba del suelo echándose hacia atrás la melena pelirroja. La barra de vida estaba por la mitad y un formidable dragón envuelto en jirones de aire se alzaba ante ella.

Vera se retiró uno de los auriculares para poder escuchar los sonidos que llenaban su casa cuando la voz aguda y rota de su enemigo volvió a escucharse.

«Mi bestia acabará con vosotros, liberar al espíritu del aire será lo último que hagáis con vuestras vidas».

Podía oír a su madre trastear en el salón. Las campanadas del reloj la habían despertado y se preparaba para ir a dormir.

—Mierda, mierda, mierda —murmuró Vera para sí misma.

Logró anticiparse y tabular, minimizando el juego para que un documento de texto en blanco y negro llenase la pantalla justo en el momento en que su madre abría la puerta de su habitación sin llamar.

—¿Vera? —La voz adormilada de su madre llegó hasta ella y la muchacha dio un respingo—. ¿Qué haces todavía despierta?

—¿Qué hora es? —preguntó mientras se volvía hacia su madre fingiendo desconcierto y bajando los auriculares hasta dejárselos colgando del cuello. Estaba alterada, sabía que se enfadaría muchísimo si se enteraba de que estaba jugando a aquellas horas.

—Acaban de tocar las doce, ¿no has oído el reloj?

Vera se pasó una mano por el rostro para hacerle ver que estaba cansada.

—Me he puesto con el trabajo de Biología y se me ha pasado el tiempo volando —murmuró.

Su madre refunfuñó algo incomprensible mientras se acercaba a ella y echaba un vistazo a la pantalla. Era una mujer menuda y de cabello corto cano que antaño había sido tan moreno como el suyo y profundas ojeras que no la habían abandonado desde que Vera tenía memoria.

—A dormir, que mañana hay que madrugar.

—Termino una cosa y enseguida apago.

—Apaga ya. Sigue mañana, no son horas.

Vera guardó el documento de texto ante los ojos de su madre y, sin minimizar la pantalla —a sabiendas de que si lo cerraba aparecería la ventana de *Reinos de Alanar* y se desataría una pelea más grande que la que estaba viviendo su bárbara en el juego—, apagó el ordenador. Sabía que su ya maltratado ordenador acusaría aquel cierre brusco y sin cerrar todos los procesos, pero no podía hacer otra cosa.

Cuando la pantalla se puso negra y los ventiladores acallaron por fin su eterno revoloteo, su madre le dio un beso en la sien.

—Buenas noches —le dijo.

—Buenas noches, mamá.

La siguió con la mirada hasta que salió del dormitorio y cerró la puerta. Solo entonces volvió a contemplar la pantalla a oscuras.

Casi con toda seguridad Sandalveth habría muerto y también Efarin. Su compañero habría sido incapaz de hacerle frente al dragón él solo en una batalla pensada para dos jugadores, por más que fuera diestro en las habilidades del hechicero.

Vera suspiró profundamente, resignada. Era impensable volver a encender el ordenador, su vieja torre hacía demasiado ruido y el piso en el que vivían era pequeño y se oía todo. Tan solo deseaba que Efarin no se enfadase con ella, pero tendría que esperar a volver del instituto para descubrirlo.

2

El día en el instituto fue tranquilo y rutinario para Vera. Estudiaba 4º de la ESO y, aunque las vacaciones de verano cada vez estaban más cerca, no le preocupaban demasiado los exámenes finales. Las clases no se le hacían tediosas; pese a que tampoco era la alumna más aplicada del mundo, llevaba las materias al día. Eso sí, no destacaba en ninguna asignatura, salvo, quizá, en plástica.

Adoraba dibujar, pintar y cualquier cosa que significase crear algo con las manos. Pasaba las horas soñando con Alanar y todas las aventuras que había vivido en la piel de Sandalveth. Tantos dibujos había hecho de su fiel bárbara que algunos de sus profesores le habían dicho que valía para aquello, que quizá la mejor decisión que pudiera tomar fuera la de hacer el Bachillerato de Artes y aprender a explotar aquel talento que ellos decían que tenía.

Aunque lo cierto era que no había pensado en tanto. Nada más allá del final de las clases, sobre todo con las altas temperaturas que azotaban Granada en los últimos días según avanzaba el mes de mayo. Esperaba aprobar todo y, con suerte, disfrutar del nuevo contenido que saldría en *Reinos de Alanar* a finales de junio, tranquila y fresquita en su casa. No sabía qué sería de su vida al año siguiente, pero su madre ya le había dejado caer en alguna ocasión la idea de que quizá podría trabajar en el hotel en el que ella era camarera.

Por eso no le había dado más vueltas. No sabía si quería seguir estudiando o si, de querer, podría hacerlo.

Prefería no hacerse ilusiones, por más que disfrutase dibujando. Y por ello tampoco se esforzaba demasiado en las clases, tan solo hacía lo que se esperaba de ella para evitar discusiones con los profesores y con su madre. Su objetivo: terminar la ESO. Después ya se vería.

Sus compañeros de clase y su pequeño grupo de amigas sí tenían otras ideas, sabían qué bachillerato querían estudiar. Algunos incluso tenían clara ya la carrera universitaria a la que querían intentar entrar y la nota media que necesitaban. Claro que ninguno de ellos vivía su situación.

Sus padres se habían divorciado tres años atrás y su vida había cambiado drásticamente. La situación en casa no era la idónea, pero tampoco se quejaba. Sabía que su madre hacía todo por mantenerla. Incluso su hermano, que era seis años mayor que ella, había tenido que dejar de estudiar al terminar el bachillerato para colaborar con la economía de casa. Eso le había hecho mentalizarse: casi con toda seguridad el año próximo lo pasase trabajando. Por eso solo pensaba cada día en volver a casa, hacer la tarea y volver a ponerse en la piel de Sandalveth. En *Reinos de Alanar* sí disfrutaba exactamente de la vida que quería tener.

Al salir del instituto, Clara, Lucía y Nuria, las tres chicas que formaban su grupo de amigas de toda la vida, acordaron ir al cine aquella tarde. Ella dijo que no se apuntaba y nadie se extrañó de ello. Aquello era la tónica dominante y las tres sabían que Vera tenía que hacer malabares con su paga para poder apuntarse a algún plan, pero también eran conscientes de la obsesión que tenía su amiga con los videojuegos y poco a poco habían dejado de pelear con ella para que se uniera a sus salidas.

Además, aquel fin de semana le tocaba pasarlo con su padre y quería aprovechar la última tarde en frente de su ordenador, sobre todo después de la accidentada desconexión de la noche anterior.

Cuando entró en casa y dejó las llaves en el cuenco que presidía el mueble de la entrada, contuvo el aliento. Por suerte la recibió un silencio sepulcral. Estaba sola en casa.

Trotó alegre hacia su habitación y dejó la mochila en la cama de cualquier manera, después pulsó el botón de encendido de su viejo ordenador y lo dejó iniciándose mientras se dirigía a la cocina para prepararse la comida. Abrió la nevera y encontró un *tupperware* a la altura de su vista. Identificó las alubias verdes en su interior y arrugó la nariz descontenta. Aun así, sacó su «apetitosa» comida recordando las instrucciones que le había dado su madre la noche anterior y lo poco que le había servido argumentar que no le gustaban nada.

Puso el microondas a funcionar y fue a cambiarse. Regresó con el pijama puesto y el pelo rizado recogido en una coleta descuidada. Estaba decidida a no salir de casa hasta el día siguiente, cuando su padre fuera a buscarla para pasar el fin de semana en su casa del pueblo.

No tardó en sentarse con su plato de comida delante del ordenador. Encendió su *smartphone* por primera vez en todo el día y descubrió que, salvo por algunas menciones en redes sociales, no había nadie más reclamando su atención. Escribió un rápido mensaje a su madre para decirle que ya había llegado a casa y lo abandonó de nuevo, dejándolo a un lado para centrarse en la pantalla en la que ya podía ver las letras de fantasía que anunciaban la entrada a *Reinos de Alanar*. Subió el volumen de los altavoces y, despreocupada, dejó que la música llenase la habitación. Su hermano y su madre no llegarían hasta varias horas después, así que tenía un rato de tranquilidad antes de ponerse a hacer los deberes para que ambos la encontrasen metida en la tarea.

Cuando terminó la pantalla de carga, Vera descubrió que, como había esperado, Sandalveth estaba muerta frente al imponente dragón de viento. No había nada más a su lado, así que supuso que Efarin habría resucitado su personaje y se habría marchado. Tecleó una secuencia de modo automático y ante ella se abrió la lista de contactos. Comprobó que, aunque otros miembros de su clan estaban jugando en aquellos momentos, el nombre de Efarin aparecía en color gris apagado. Estaba desconectado. Suspiró para sí misma decepcionada.

Hizo resucitar a su fiel bárbara y aguardó por la familiar cinemática que había visto más veces de las que podía contar. Una cálida chimenea en una casa de madera y un lecho de paja que indicaba que se encontraba en un lugar modesto. Su bárbara tumbada con respiración regular abría los ojos con aspecto de estar agotada y miraba a la sacerdotisa que tenía ante ella y que estaba inclinada junto a la cama.

«Llegamos a tiempo, aventurera, tus heridas no eran letales», explicaba la curandera. «Los Dioses te han traído de vuelta porque tu destino en los *Reinos de Alanar* no ha concluido».

Sandalveth se incorporó hasta quedar sentada en la cama y la cinemática se transformó hasta volver a mostrar las características del juego: la caja de chat en la esquina inferior izquierda, el minimapa en la derecha, las habilidades de su bárbara entre ambas y la barra de vida y de energía con apenas un hálito a causa de la reciente muerte.

Vera amplió el mapa y un breve vistazo le bastó para darse cuenta de que se encontraba en una aldea de humanos cercana a la montaña que había escalado la noche anterior. Casi con toda seguridad le tocaría repetir aquella misión, volviendo a alcanzar la cumbre. Aunque quizá fuera suficiente si buscaba al dragón y le daba muerte. Fuera como fuese, Sandalveth necesitaba descansar.

Salió de aquella modesta casa que hacía las veces de hospital y echó un vistazo a su alrededor. Estaba en una aldea cercana a la montaña y que pertenecía a las Tierras de los Ríos. Tierras de humanos. Allí todas las casas eran de madera, de poca altura y apariencia robusta para soportar las nevadas, y los NPC eran humanos, prácticamente todos ellos. Al dirigirse hacia la taberna más cercana descubrió que había algunos enanos también, aunque aquello no le extrañó lo más mínimo. No se detuvo a comerciar ni a hablar con nadie, tan solo quería recuperar salud y energías. Había métodos más rápidos para seguir jugando cuando tu personaje quedaba debilitado, pero el tradicional era alimentarlo y dejarlo descansar. Además, ella también necesitaba comer, así que podía permitir que su bárbara disfrutase un rato de tranquilidad antes de enfrentarse al dragón.

La taberna estaba iluminada por una alegre fogata que ardía en la chimenea y Sandalveth se sentó en una mesa, apartada de otros aventureros que descansaban cerca del fuego. Identificó a los miembros de otra hermandad con la que había colaborado en alguna ocasión, aunque sobre todo había jugadores solitarios que se preparaban para escalar la montaña. Pidió una generosa jarra de hidromiel y medio costillar de jabalí de las colinas, consciente de que era la mejor comida disponible para estar lista y enfrentarse a la misión que se traía entre manos en solitario. Echaría de menos a su hábil amigo hechicero, pero podría hacerlo. Estaba segura de ello.

Vera dejó que Sandalveth comiera tranquila y minimizó la pantalla de juego para abrir otra ventana y ver los vídeos de la zona nueva que le había recomendado Efarin. Comió ante el ordenador ensimismada con las maravillas que anunciaba el juego para su próxima actualización.

En los últimos tiempos el secreto acerca del nuevo contenido había llenado las redes de especulaciones; algunos decían que la nueva zona sería relacionada con hombresbestia de la montaña, otros hablaban de que habría medianos para seguir con la ambientación de *El Señor de los Anillos*, incluso había quien pensaba que añadirían a los centauros como raza jugable. Pero parecía que los desarrolladores de *Reinos de Alanar* habían tenido otra idea en mente.

El nuevo reino estaba ligado a la costa del mundo y era porque una nueva raza desconocida había emergido de las profundidades del mar: aquarántidos, unos seres anfibios, humanoides, de piel azulada y el cuerpo repleto de escamas. No tenían pelo en la cabeza, sino una serie de branquias de diferentes formas y colores que resultaban llamativas y enmarcaban sus ojos, enormes como los de muchas criaturas subacuáticas.

Pasó largo rato explorando vídeos de *streamers* que habían indagado acerca de la nueva información y descubrió que todo comenzaría con una invasión de las nuevas criaturas hacia el continente. La nueva raza no sería jugable, aunque Vera llevaba suficientes años en el juego como para saber que aquello no sería definitivo. Tal vez más adelante permitieran la piel de uno de aquellos seres acuáticos.

También comprendió el porqué de que hubieran decidido que la nueva zona incluyese los océanos que rodeaban el continente. La expansión traía otra jugosa novedad: *Reinos de Alanar* por fin estaría adaptada a la experiencia de realidad virtual que tan de moda estaba en otros videojuegos.

Vera observó todo lo que los tráilers prometían y también se echó unas risas con su *streamer* favorita mientras probaba la beta con sus gafas de inmersión digital ceñidas a la cabeza. La joven estaba de pie en medio de una habitación preparada para jugar, en la que no había muebles, solo espacio para saltar y corretear, incluso para repartir mandoblazos con la espada con sensores que hacía las veces de mando para el juego.

El Alanar que se mostraba en la pantalla de la *streamer* era exacto al que conocía, solo que con una perspectiva envolvente singular. Prometía ser muy emocionante jugar de ese modo y Vera sentía un hormigueo en las palmas de las manos solo de pensar en encarnar la piel de su bárbara de un modo mucho más cercano. Aquello sí sería un sueño.

Echó un vistazo a las páginas de venta de aquellos conjuntos nuevos de gafas de realidad virtual y mando adaptado a *Reinos de Alanar*. Lo principal eran unos guantes repletos de sensores que ayudaban a detectar cada movimiento, pero también había armas para todo tipo de clases: dagas para los asesinos, arcos para los cazadores, hachas para las guerreras como su bárbara, espada y escudo para los paladines, incluso muñequeras especiales para que el juego detectase las habilidades de los lanzadores de hechizos.

Prometía ser una experiencia fantástica y estaba deseando probarla... Pero sería imposible para ella. Un leve vistazo a las características necesarias le bastó para descartar todo aquello. Su viejo ordenador no soportaría los nuevos sistemas. Además, aunque lo hiciera, no podía permitírselo.

Sintió que todas sus ilusiones se evaporaban al ser consciente de su realidad. Continuó viendo algunas reseñas más y se tranquilizó un tanto al descubrir que, pese a la implementación del nuevo sistema, *Reinos de Alanar* no eliminaría el juego tradicional. Podría seguir viviendo aventuras en la piel de Sandalveth, solo que la nueva zona pondría a prueba su ordenador como nunca. Y, aun así, no lo disfrutaría al cien por cien; el nuevo mapa subacuático sería digno de vivir en realidad virtual.

Recordó las pullas de Efarin acerca de que su bárbara no nadaba demasiado bien y supo que habría bastantes más bromas al respecto cuando fueran allí. Más le valía buscar algún modo para que Sandalveth fuera mejor en los comba tes subacuáticos, aunque con casi toda seguridad aparecerían nuevas características que harían que todos los personajes pudieran ser útiles. Si su bárbara se llevaba mal con el agua, los enanos directamente eran contrarios a ese ambiente.

Sonrió para sí misma. Todo era posible en *Reinos de Alanar*, el límite lo ponía la magia. Y la magia no conocía límites.

Terminó de comer y fregó el plato y el *tupperware* a toda velocidad para regresar al juego. No podría disfrutar de la realidad virtual, pero Alanar seguía siendo un lugar amplio y acogedor que prometía aventuras y una libertad que jamás experimentaría en su mundo real.

3

Vera ya estaba a punto de terminar sus deberes cuando su madre y su hermano llegaron a casa. Desbloqueó el *smartphone* y sonrió para sí misma. Las seis y media, puntuales como un reloj y, como siempre, la encontraban enfrascada en su tarea. De ese modo podía garantizar que cuando terminase la dejasen tranquila hasta la hora de cenar. Podría volver a *Reinos de Alanar* y, con un poco de suerte, reencontrarse con Efarin.

—¡Hola! ¿Qué tal el día? —preguntó su madre asomándose a su habitación.

—Todo bien, como siempre —respondió.

Levantó la cabeza del libro y clavó en ella sus ojos marrones. Su madre le dedicó una sonrisa y se encaminó hacia su habitación, por lo que Vera se concentró en terminar el problema de matemáticas que estaba desarrollando. Para su sorpresa, su hermano entró en su habitación y se apoyó en la pared junto a la mesa de escritorio.

—¿Ha ido bien el día, canija? —le preguntó.

Vera alzó la cabeza para mirarle. Diego era su hermano mayor, un joven de veintiún años, alto y algo gordito. Aunque le parecía que lo más destacable en él eran sus enormes ojos marrones, tan similares a los suyos y que hacían que pareciera más crío de lo que en realidad era. Quizá fuera por su pelo, de color castaño oscuro e igual de rizado que lo tenía ella, tan largo que le cubría las cejas y las orejas. O quizá fuera porque la miraba con ese gesto que tan bien conocía y que significaba que se traía alguna trastada entre manos.

—¿Qué pasa? —inquirió frunciendo el ceño, extrañada por su actitud.

No era que fuera poco habitual que le preguntase por su día, era el hecho de que la molestase al verla enfrascada en sus deberes. No solía hacerlo.

—Esta noche os invito a cenar —dijo él, aparentemente contrariado porque ella fuese tan cortante—. Así que a las ocho estate lista para salir de casa, ¿vale?

Vera parpadeó un par de veces sorprendida. Se echó hacia atrás hasta reclinarse en la silla del escritorio.

—¿Y eso? Todavía quedan algunas semanas para el cumple de mamá.

—Ya lo sé, no es eso. —Diego se cruzó de brazos, aún apoyado sobre la pared—. Es que tengo algo que contaros. Una sorpresa.

Vera lo miró fijamente tratando de ponerle ojitos para que le contase qué pretendía, pero la sonrisa de Diego solo hizo que ampliarse.

—A las ocho, ¿vale?

31

—Vale...

Lo vio marchar y cerrarle la puerta con cuidado. Echó un vistazo a sus deberes y se dio cuenta de que ya no tenía la mínima idea de lo que estaba haciendo. Le tocaría empezar el planteamiento del problema desde el principio, aunque su mente se resistía a regresar a las matemáticas.

No tardó en oír cómo su madre se metía en la ducha y supuso que a lo que se refería su hermano con ese «estate lista a las ocho» era a que le pedía que se arreglase un poquito. ¿Pensaba llevarlas a cenar a un sitio caro? Aquello sí que era extraño.

Diego llevaba años trabajando en un supermercado del barrio, pero no le sobraba el dinero. Vera era bien consciente de que con el sueldo de su hermano y el de su madre juntos apenas llegaban a fin de mes. ¿Podían permitirse esa extravagancia?

Jugueteó con el bolígrafo, distraída, tratando de adivinar cuál sería la sorpresa que iba a darles. ¿Tendría alguna pareja que presentarles o algo así? Le extrañaba. Diego no había variado sus rutinas y después del trabajo solía ir a casa, no le parecía que hubiera estado viéndose con nadie. Aunque con internet nunca se sabía.

Llegó a la conclusión de que le diría a su madre que había acabado ya la tarea y la terminaría el fin de semana, cuando estuviera con su padre en el pueblo y sin nada mejor que hacer. Se había desconcentrado y, además, estaba deseando entrar de nuevo en los *Reinos de Alanar*.

Guardó los apuntes rápidamente y se acomodó en su silla. No tardó en entrar en su juego y volver a encarnar a Sandalveth. Comprobó que estaba tal y donde la había dejado, en la taberna. Descansada y con un *buff* energético que le aseguraba estar preparada para la aventura.

Antes de reincorporarse a la cadena de misiones que estaba haciendo, volvió a echar un vistazo a su lista de amigos y descubrió que en esta ocasión Efarin sí estaba conectado. No lo pensó dos veces, se apresuró a abrirle ventana de chat.

Sandalveth Hoy, a las 18:48
¡Hola! Siento haber desaparecido ayer.

Efarin Hoy, a las 18:48
¡Ey, Sanda! No pasa nada.

Sandalveth Hoy, a las 18:48
Es que apareció mi madre, tuve que irme o me pillaba jugando.

Efarin Hoy, a las 18:48
Algo así me imaginaba. No te preocupes, de verdad. Nos mató el dragón, pero ya está.

Sandalveth Hoy, a las 18:49
Lo vi. ¿Ya lo mataste?

Efarin Hoy, a las 18:49
Sí, terminé la cadena anoche. Siento no haberte esperado.

Sandalveth Hoy, a las 18:49
Nada, culpa mía por haberme marchado.

Efarin Hoy, a las 18:49
Tendrías que convencer a tu familia de que te dejen jugar, no puedes seguir escondiéndote así.

Sandalveth Hoy, a las 18:49
Saben que juego, lo que no les parece tan bien es que trasnoche, jajaja.

Efarin Hoy, a las 18:49
Aaaamiga.

Vera no esperó más, puso a su bárbara en movimiento y, tras un breve vistazo al mapa, supo a dónde debía dirigirse. A los pies de la montaña, no lejos de aquella aldea, había un bosque y en el bosque una hondonada. Se suponía que allí la esperaba el dragón. Se internó entre los árboles e hizo que su bárbara caminase automáticamente hacia su objetivo mientras volvía a escribir a su amigo.

Sandalveth Hoy, a las 18:51
Voy a ver si mato a ese dragón, ¿tú qué andas haciendo?

Efarin Hoy, a las 18:51
Comerciando. Después de hacer las misiones de ayer, me fui a *farmear* plantas, tengo para abastecer a todos los alquimistas del servidor.

Sandalveth Hoy, a las 18:51
Uh, eso está bien. ¡Que se te dé bien la venta!

Efarin Hoy, a las 18:52
¡Gracias! Si quieres luego hacemos algo juntos. Pensaba asaltar el Palacio de los Elfos Rubí, a ver si me suelta el bastón de una vez.

Sandalveth Hoy, a las 18:52
Ya sabes que siempre encantada de jugar contigo, a ver si me da tiempo.

Efarin Hoy, a las 18:52
¿Algún examen que estudiar?

Sandalveth Hoy, a las 18:52
Qué va, me han invitado a cenar fuera.

Efarin Hoy, a las 18:53
Eso sí es un plan de viernes y no lo mío. Pásalo genial, ¿eh?

Sandalveth Hoy, a las 18:53
Si vuelvo pronto, intentaré conectarme, pero no prometo nada. Si me pillan trasnochando, me caerá bronca.

Efarin Hoy, a las 18:53
¿Incluso un viernes?

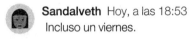

Sandalveth Hoy, a las 18:53
Incluso un viernes.

Efarin Hoy, a las 18:54
Tía, lo siento. Mis padres me dan más manga ancha.

Sandalveth Hoy, a las 18:54
Recuerda que también eres mayor que yo.

Efarin Hoy, a las 18:55
Eh, que solo te saco año y medio. Además, cuando yo tenía quince también me dejaban jugar por la noche. Mi madre me decía que, mientras luego madrugase, que hiciera lo que quisiera con mi vida.

Sandalveth Hoy, a las 18:55
Ojalá yo.

Efarin Hoy, a las 18:55
Igual puedes hablarlo con ella o algo así.

Vera no respondió enseguida. Según se acercaba a la hondonada donde debía terminar la misión, había más enemigos por doquier, aquellos ritualistas que estaban conspirando para atrapar a los elementales de Alanar. Sandalveth sacó su hacha de guerra de la funda que llevaba asida a la espalda y la aferró con ambas manos mientras avanzaba entre los árboles sin hacer ruido. La vegetación de aquel bosque trataba de asemejar uno de alta montaña, con sus coníferas y su suelo alfombrado de púas. Debía extremar las precauciones para no alertar a los enemigos.

Tampoco es que supiera qué decirle a Efarin. Ya lo habían hablado en muchas ocasiones y él sabía exactamente cuáles eran sus circunstancias. De hecho, sabía su situación y todo lo que pensaba mejor que nadie en todo su entorno. Aun así, parecía que le costaba comprender que sencillamente sus familias eran muy distintas. A él le dejaban vía libre para muchas más cosas que a ella. Cuando quedaba con sus amigos no tenía hora para volver a casa, mientras que ella debía estar de regreso como tarde a las diez y media. Con el ordenador sucedía lo mismo, era suyo y podía utilizarlo tanto como quisiera, incluso cuando quizá debiera estar haciendo otras cosas o simplemente durmiendo. Ella sentía que la tenían muchísimo más controlada en ese aspecto y era consciente de que la mitad de tiempo que se pasaba jugando era a las espaldas de su madre. Si supiera que le echaba tantas horas en el videojuego se escandalizaría, porque no terminaba de comprender todo el bien que le hacía desconectar de su mundo y de una realidad que la deprimía.

Además, tampoco merecía la pena meterse en líos ahora mismo. Estaba a punto de llegar la época de exámenes y tendría menos tiempo para jugar que nunca. Y después de eso vendrían las vacaciones de verano y ya tendría vía libre para olvidarse un poco de sus restricciones y disfrutar de las aventuras en Alanar.

Sabía que sus ideas eran poco comunes. Sus amigas también estaban deseando que llegaran las vacaciones de verano, pero por otras razones: ellas pensaban en viajes, en playa, en fiestas… ella tan solo estaba deseando tener todo el tiempo libre del mundo para encarnar a Sandalveth. Alanar le daba mucha más felicidad de la que le daba la vida real. Aunque tampoco le diría que no a algún día de piscina.

Además, de un tiempo para acá se sentía mucho más comprendida por Efarin, tanto que se había convertido en su mejor amigo. Por más que lo pasase bien con Nuria,

Clara y Lucía, sentía que sus gustos habían divergido demasiado últimamente. Ella no pensaba tanto en los cotilleos de clase, ni le preocupaba no echarse pareja. Era consciente de que se había distanciado muchísimo de ellas desde el divorcio de sus padres, en parte porque la custodia compartida hacía que pasase prácticamente todos los fines de semana en el pueblo, perdiéndose muchísimos planes y quedándose al margen de todas las bromas internas. Pero, por otro lado, no era solo que se hubiera quedado fuera de aquello, sino que sentía que ninguna de ellas comprendía completamente su situación. Tampoco era que le importase demasiado, porque tenía Alanar y a Efarin; su amigo le había sido de mucha más ayuda y apoyo en los momentos bajos que ellas, por más que las conociera desde hacía años.

Sabía que Efarin apenas era un puñado de píxeles en una pantalla, pero la entendía de verdad y la escuchaba mejor que nadie. Habían compartido muchísimas horas juntos, aventuras en los Cinco Reinos y también muchas conversaciones íntimas y existenciales. Él la había apoyado en lo peor del divorcio de sus padres y también cuando había empezado a sentirse excluida en su grupo de amigas.

Si no se había vuelto loca, era en gran parte gracias a él. Porque sabía que podían hablar todos los días. Porque sabía que por más que su rutina fuera monótona y su futuro incierto, por más que se aburriera como una ostra cuando le tocaba irse al pueblo con su padre, al volver a conectarse a su ordenador, Efarin estaría ahí para ella y nunca le había fallado.

Con el tiempo se había dado cuenta de que quizá tenía la realidad un tanto distorsionada y que prefería enfrentarse a dragones, como el que la aguardaba en aquella hondonada que se adivinaba tras los árboles, antes que a una conversación incómoda con sus amigas. Y eso que aquel dragón era gigantesco e imponente, pero sabía que podría derrotarlo y esa certeza la hacía sentirse poderosa.

 Sandalveth Hoy, a las 18:59
¿Algo que saber de la pelea contra el dragón?

 Efarin Hoy, a las 18:59
Lo típico, que no te dé el fuego. Ah, y esquiva sus zarpazos.

Sandalveth no se lo pensó mucho más. Sabía que tenía equipo de sobra para enfrentarse a aquel dragón imbuido con el poder del viento. Lanzó un grito, enarboló el hacha de guerra como si no pesase absolutamente nada, y echó a correr hacia su enemigo. Tampoco era el primer dragón que asesinaba, aunque tenía que admitir que los combates siempre eran algo más fáciles con el apoyo de su hechicero favorito.

La pelea fue sencilla y, aunque recibió algo de daño, para cuando el dragón cayó muerto a sus pies ella aún tenía más de la mitad de su vida. La bárbara miraba orgullosa al gigantesco dragón rodeándolo aún con el hacha fuera de su funda y los músculos brillantes por el esfuerzo. Entonces la voz que había sonado la noche anterior en el momento en que fue arrojada de la cima de la montaña resonó de nuevo y una figura encapuchada que cubría su cuerpo con un traje oscuro apareció más allá, al otro lado de la hondonada. Sandalveth reconoció el símbolo que mostraba orgulloso en el centro de su pecho: era un ritualista elemental, posible mente el líder de aquella organización.

«Hemos perdido el control sobre el aire, es cierto, pero aún poseemos los demás elementos de nuestro mundo», empezó a decir con aquella voz desgarrada. «Mientras tú estabas aquí, entretenida con nuestro dragón, nuestro plan ha seguido adelante. Gracias por ceder a la distracción, bárbara. Ahora es demasiado tarde para tu tribu».

Soltó una risa estremecedora y, después de hacer algunos aspavientos con los brazos, se desvaneció en el aire como si nunca antes hubiera estado allí. La cámara rotó la imagen hasta mostrar el rostro aterrorizado de Sandalveth y cómo echaba una mirada hacia el norte, hacia las Estepas Heladas, el lugar donde se encontraba la tribu de los bárbaros.

La pantalla se fundió a negro y la siguiente escena fue una cinemática de gráficos mejorados que mostraba la tribu que tan bien conocía, solo que estaba invadida por el agua, como si un tsunami la hubiera asolado. Enseguida los vio: aquarántidos, aquellas criaturas anfibias que había descubierto en los _streams_ que había visto a la hora de la comida. Eran decenas y estaban atacando el poblado que ya parecía haber sufrido demasiado por el golpe de las olas. La bárbara corría entre las viviendas destrozadas observando el desastre a su alrededor.

«¡Sandalveth, ayúdanos!», llamó alguien en medio del caos.

—¡Vera! —llamó su madre—. Ayúdame un momento, hija.

Vera se mordió el labio inferior fastidiada. No quería dejar el juego.

—¡Ya voy! —respondió, sin embargo.

Sandalveth Hoy, a las 19:03
Tengo que irme. Qué rabia, acababa de terminar lo del dragón.

Efarin Hoy, a las 19:03
¿Ya has visto a los hombres-pescado?

Sandalveth Hoy, a las 19:03
Sí, están atacando mi tribu. Pero no se llaman hombres-pescado, jajaja.

Efarin Hoy, a las 19:03
¿Cómo era? ¿Aquarántidos? Suena fatal.

Sandalveth Hoy, a las 19:04
Un poco sí xD Aun así, me parece que tienen pintaza.

Efarin Hoy, a las 19:04
He leído que no van a ser jugables.

Sandalveth Hoy, a las 19:04
Esa es tu opinión.

Efarin Hoy, a las 19:04
Jajajaja, bueno ya lo veremos. Aunque la verdad es que no te veo cambiando a Sanda por uno de esos hombres-pescado.

—¡Vera! —insistió su madre.

—¡Voy!

Sandalveth Hoy, a las 19:05
Me marcho, pero volveré esta noche. Me he quedado con ganas de ver qué pintan estos aquí y por qué me han destrozado el poblado.

Efarin Hoy, a las 19:05
Tranquila, también se han cebado con mi bosque, son unos capullos.

Sandalveth Hoy, a las 19:05
¡No me piques, tengo que irme!

Efarin Hoy, a las 19:05
Jajajaja, vete. Estaré aquí esta noche.

 Sandalveth Hoy, a las 19:05
Va, hasta luego.

Vera salió del juego y lanzó una mirada al reloj del ordenador. Descubrió que apenas eran las siete de la tarde, así que aún tendría tiempo para seguir jugando antes de prepararse para la cena misteriosa a la que les invitaba su hermano.

Fue a ver lo que quería su madre esperanzada, quizá pudiera avanzar algo más en la historia antes de marcharse.

4

Lo cierto era que lo que ofrecía la carta de aquel restaurante italiano resultaba muy apetecible; sin embargo, los precios al lado de cada nombre hacían que Vera se preguntase qué hacían allí. Diego podría haberlas llevado a la pizzería de siempre y habría sido más que suficiente.

Aún no había conseguido sonsacarle qué era aquello que tenía que contarles y empezaba a ponerle nerviosa su halo de misterio. De hecho, no había podido evitar soltarle ya un «deja de hacerte el interesante», al que Diego había reaccionado riéndose de ella. Estaba segura de que demostrando esa intriga le estaba dando exactamente lo que él quería, así que había optado por callar y mirarle enfurruñada.

Su madre estaba muy contenta, tanto que parecía una persona nueva. Se había maquillado como hacía mucho tiempo que no se maquillaba y se había puesto un vestido brillante de palabra de honor que solo había utilizado una Nochevieja hacía años. Vera no se había esforzado tanto; había planchado su melena morena para estar algo más presentable y se había aplicado el *eyeliner*, pero eso había sido todo lo que había hecho por cambiar su aspecto respecto a como iba al instituto. Eligió un vestido de flores de los que usaba en verano, aunque en esta ocasión había tenido que ponerse una chaqueta vaquera por encima. Y es que la temperatura invitaba a sacar la ropa de verano del armario, pese a que quedase casi un mes para la llegada de junio y las vacaciones.

No tardaron demasiado en ser atendidos por el camarero y, cuando todos hubieron elegido lo que iban a cenar, Diego pidió una botella de vino. Vera ya no tuvo dudas; allí estaba pasando algo extraño.

—¿Vas a decirnos de una vez qué mosca te ha picado? —preguntó cuando se marchó el camarero.

Diego sonrió ampliamente, pero sostuvo su mirada sin responder, a lo que Vera reaccionó con un nuevo mohín.

—Vera tiene razón, hijo. Dinos qué celebramos.

—Ay, qué impacientes.

—¡Solo queremos compartir tu alegría! —insistió la mujer.

—Y que te estés divirtiendo mogollón a nuestra costa no termina de ser justo —añadió Vera.

Diego soltó una risa baja y Vera dudó entre si no quería llamar la atención en el restaurante o si realmente estaba avergonzado por algo. ¿Tendría pareja? ¿Un novio nuevo? ¿Las había llevado allí para salir del armario? Resultaba absurdo pensarlo, sobre todo porque el hecho de que le gustaban los chicos era algo que ambas tenían interiorizado desde que había estrechado demasiado su relación con su mejor amigo hacía años. No había noticia en ello ni sorpresa.

Vera lanzó una mirada en derredor esperando ver aparecer a algún jovencito guapo que estuviera esperando la señal de Diego para acercarse a ellas y tomar asiento. Sin embargo, el que apareció fue el camarero y llevaba consigo la botella de vino que habían pedido.

—Vale, bien... —murmuró Diego clavando la mirada en su madre cuando se hubo marchado el camarero—. ¿Recuerdas que te dije que estaba preparando un examen y que me miraste como si estuviera loco?

Vera frunció el ceño, le sonaba aquella bronca vagamente. Una de esas veces en las que su madre se ponía hecha un basilisco porque ambos pasaban «demasiadas horas con las maquinitas». Diego le había dicho que estaba estudiando y su madre se había ido farfullando algo. Tenía que admitir que no le había prestado mayor atención en aquel momento y su madre parecía igual de sorprendida.

—¿Qué...? —empezó a preguntar la mujer, pero él la cortó con un gesto y una sonrisa.

—Me he presentado a las oposiciones de celador. Y he aprobado, mamá. Me han dado la plaza.

—¿¡En serio!? ¡Enhorabuena, cielo! Eso sí son buenas noticias.

Vera se sorprendió al ver que su madre se levantaba de la silla y cómo su hermano acudía a su lado para darle un abrazo. Los miró anonadada por la noticia, no solo porque no pensaba que a su hermano le gustase aquel tema de los hospitales, sino porque le chocaba que hubiera mantenido aquello en secreto tantísimo tiempo. Llegó a escuchar que su madre murmuraba un «qué orgullosa estoy de ti» en medio de aquel abrazo.

Cuando ambos volvieron a sentarse, Vera le dedicó una sonrisa sincera.

—Felicidades —le dijo—. Sí que te lo tenías calladito, ¿eh?

Diego agradeció sus palabras con una inclinación de cabeza y comenzó a servir el vino.

—No quería decir nada hasta conseguirlo —explicó—. Era cosa mía. Si no lo lograba, no quería decepcionar a nadie.

—Ay, qué tonto —opinó su madre—. Siempre estaremos aquí para apoyarte y deberías saberlo.

—Y lo sé, pero era cosa mía.

Vera tenía que admitir que aquello sí que iba con la personalidad de su hermano, tan reservado desde siempre. Y, al igual que ella, el divorcio de sus padres había hecho que se encerrase aún más en sí mismo. A él le había pillado siendo ya mayor de edad, pudiendo tomar sus propias decisiones, pero parecía que no había sido especialmente fácil para él tomar partido en la separación de sus padres y se había cerrado muchísimo. No le extrañaba que hubiera hecho algo así por su cuenta.

—Eh, no. Vino para Vera, no —protestó su madre mientras Diego le llenaba la copa.

—No va a brindar con agua, que eso da mala suerte —replicó el joven—. Además, ya tiene casi dieciséis años, no es ninguna cría.

Vera sonrió para sí misma y enrojeció un tanto. Sabía que la gente de su edad ya había tenido ciertos acercamientos al alcohol, pero nunca había sido algo que hubiera disfrutado. Había ido a un único botellón en toda su vida y no solo no le había gustado el sabor de los licores, sino que ver cómo todos sus amigos se emborrachaban y hacían estupideces la había hecho sentir fuera de lugar. Esa era otra de las razones por las que prefería mil veces pasar el tiempo visitando Alanar antes que tirada en los parques de la ciudad como hacía la gente de su clase, como tanto disfrutaban las que habían sido sus mejores amigas.

Aun así, no iba a hacerle un feo a su hermano, sobre todo al ver que su madre no protestaba más. Tomó la copa para olfatear el vino cuando él terminó de servirla; había esperado un olor dulce, por el contrario, era más bien seco y con un deje amargo que dudaba que le gustase.

—Por nuestra nueva vida —declaró Diego alzando su copa.

Su madre frunció el ceño, pero alzó la copa para chocarla con la de él y Vera no fue menos. Entendía que se refería a la nueva vida en casa, en su rutina y también en la economía, por eso le sorprendió la mirada suspicaz que le dedicó su madre.

—¿Y dónde te han dado plaza? —preguntó.

Diego no respondió enseguida y cuando lo hizo Vera comprendió muchas cosas.

—Guadalajara —respondió.

—Uf, sí que te vas lejos —comentó automáticamente.

Diego lanzó una mirada repleta de significado a su madre, pero la mujer se había echado hacia atrás, casi parecía que intentase hundirse en el tapizado de la silla.

—Ya lo habíamos hablado, mamá. Con este trabajo cobraré más que tú y yo juntos aquí. Puedo mantenernos de sobra hasta que encuentres algo.

—Ay, hijo… —empezó a decir la mujer.

—¿Hablas de irnos los tres a Guadalajara? ¿En serio? —preguntó Vera, sorprendida más que escandalizada.

—Es el mejor momento si lo piensas. Mamá, llevas tiempo diciéndome que estás harta de cómo te tratan en el hotel y Vera está a punto de terminar la ESO. Si nos vamos a Guadalajara, puede hacer el bach allí, y las universidades de Madrid están más cerca.

—¿Universidad? —repitió la mujer sorprendida.

—Si estuviéramos allí podría planteárselo; hacer algo más de lo que pudimos hacer tú y yo.

—Yo no sé si quiero… —empezó a decir Vera desorientada—. No había pensado que…

—Tendrías más opciones, decidas lo que decidas —la interrumpió Diego—. Y si quisieras ponerte a trabajar, con mi sueldo podemos vivir los tres más que de sobra por el momento.

—Además, para la universidad hay becas y esas cosas… —razonó su madre, mientras daba vueltas a la copa de vino con los dedos—. Ay, no sé. Una mudanza no es una cosa de poco, hijo.

—Ya lo sé —concedió Diego conciliador—. Pero es una gran oportunidad.

—Eso es verdad, pero hay que pensarlo y hablarlo con calma. ¿Y nuestra vida? ¿Y vuestros amigos? ¿Y la abuela, vuestros tíos y…?

«Y papá», recordó Vera, y sintió una punzada de dolor al saber que ellos ni siquiera se planteaban cómo le sentaría a él aquel cambio de planes.

—Ya sé que es repentino —insistió Diego—. Yo tengo que coger la plaza. Es la que me han dado; es solo que creo que sería una muy buena oportunidad para vosotras también. ¿Tú qué piensas, Vera?

—Yo... la verdad es que no sé qué decir. Solo estaba pensando en los exámenes y en las vacaciones de verano. No había pensado más allá...

«...Más allá del lanzamiento del nuevo parche de *Reinos de Alanar*», completó en su mente desviando la mirada.

—Tiene razón —apoyó su madre—. Lo que tiene que hacer ahora es centrarse en los exámenes.

—Claro, hay tiempo para pensar y organizar todo —dijo Diego—. Es solo que estoy muy contento. Esta era la oportunidad que estábamos esperando para tener una nueva vida y quería compartirla con vosotras.

—Y yo también estoy contentísima, cielo. Ya era hora de que algo saliera bien.

Sonrió ampliamente y Vera se obligó a sonreír también, justo en el momento en que el camarero le traía el plato de espaguetis a la carbonara que había pedido. Lo cierto era que la noticia la había pillado de sopetón, casi tanto como la del divorcio de sus padres.

Tenía la misma sensación en el fondo del estómago que en aquellos momentos, de que su mundo se tambaleaba ante la perspectiva de un cambio tan grande. Solo que en aquella ocasión Diego estaba exultante de alegría y su madre, aunque contrariada, también parecía feliz.

Miró su plato de pasta y empezó a comer, aunque su mente estaba lejos y, por una vez, no estaba en Alanar siquiera, sino pensando en su futuro por primera vez. ¿Podría estudiar un bachillerato? ¿Ir a la universidad? Y lo más importante: ¿quería hacerlo? Como había dicho su madre, marcharse a Guadalajara implicaba dejar atrás toda su vida, a Clara, Lucía y Nuria, todo lo que había conocido en Granada. Aunque lo cierto era que se había distanciado tanto de sus amigas en los últimos tiempos que igual le vendría bien el cambio de aires, conocer a otra gente… Mientras siguiera teniendo internet y pudiera refugiarse en la piel de Sandalveth todo iría bien, eso lo tenía claro. Ya vivía cada día aguardando el momento de entrar en *Reinos de Alanar* y reencontrarse con Efarin. Todo lo demás se le hacía secundario, así que ¿qué más daba cuál fuera el telón de fondo?

5

Cuando su madre la despertó al día siguiente levantando la persiana de golpe sin más miramientos, Vera gimió y le dio la espalda a la ventana.

—Arriba, gruñona —dijo la mujer, antes de encaminarse de nuevo hacia la puerta—. Tu padre viene a buscarte en una hora y tienes mucho que preparar.

Vera gruñó de nuevo y cerró los ojos con fuerza. Para hacer honor a la verdad, marcharse a pasar el fin de semana a un pueblecito perdido en la sierra era lo último que le apetecía, pero sabía que de nada le serviría protestar.

Dejó que las brumas del sueño desaparecieran poco a poco y se quedó tumbada bocarriba y observando el techo con la mirada perdida.

Tampoco es que hubiera descansado demasiado bien. Después de llegar a casa la noche anterior, ni siquiera había tenido ocasión de encender el ordenador y jugar a *Reinos de Alanar* para desconectar del bullicio que había en su mente. Y es que no solo había estado dándole vueltas a la sugerencia de mudanza de su hermano, sino que no había podido evitar escucharlos hablar durante horas en el salón.

«Mira, si nos cambiamos de casa, al menos las paredes dejarán de ser de papel», había pensado mientras los oía argumentar acerca de todas las novedades que estaban por venir.

A Vera le había quedado algo clarísimo: su madre estaba deseando marcharse de Granada, sobre todo después de todo el asunto del divorcio de su padre y lo mal que había ido los últimos años, según ella. Tenía que admitir que había vivido ignorando aquellas angustias de su madre, así como los problemas que tenía en el trabajo. Sí sabía que estaban pasando por dificultades económicas y ella había estado dispuesta a ponerse a trabajar después de terminar sus estudios... nunca hubiera pensado que existiera otra posibilidad.

Al igual que tampoco hubiera pensado que Diego buscase activamente una solución al problema. Su hermano siempre había sido tremendamente responsable y, aunque él sí llegó a terminar el bachillerato, después del divorcio de sus padres empezó a trabajar. Sabía que se había perdido mucho, que había roto de golpe con su juventud y prácticamente se había separado de su grupo de amigos, pero era bien consciente de que hacía falta otro sueldo en casa.

Al escucharlos hablar, descubrió que su madre se sentía bastante avergonzada ante la idea de que su hijo la mantuviera, pero los números que presentaba Diego eran inequívocos. Su sueldo de celador sería mejor que el que sumaban ambos en sus respectivos trabajos allí. Y ella siempre podría encontrar algo distinto, una nueva vida, como había dicho la noche anterior en su brindis. Su hermano insistía en que era la mejor oportunidad que habían tenido en mucho tiempo y también le había dejado claro que, si decidían no mudarse, él se iría a Guadalajara de todos modos. Cosa que resultaba evidente, por otro lado. Había conseguido un gran logro sacándose esa plaza, no podía rechazar algo que iba a hacerle feliz y a darle mejores opciones de futuro.

Vera aún estaba tratando de asimilar todo lo que implicaba aquel cambio, pero, como había dicho su madre, ahora debía centrarse en terminar el curso. Además, tampoco tenía muy claro hasta qué punto ella tenía voz en aquella decisión. Debía admitir que aquella noche le había dado muchas vueltas y que le hacía ilusión la idea de hacer el bachillerato que siempre había querido, incluso imaginarse haciendo Bellas Artes después, cuando hasta hacía apenas veinticuatro horas su futuro consistía en trabajar de camarera en un hotel para lograr que su familia llegase mejor a fin de mes.

Se incorporó hasta quedar sentada en la cama y miró por la ventana un instante antes de recuperar su *smartphone* de la mesilla y comprobar que sus amigas habían ignorado olímpicamente lo que les había contado anoche.

Después de la cena, había intentado pedirles consejo, o al menos hablar con ellas para compartir parte de su colapso mental por la situación que estaba viviendo. Pero las tres habían ignorado el grupo que tenían juntas y rato después comprobó en las redes sociales que estaban de fiesta, bailando en uno de los pocos *pubs* de la ciudad pensados para menores de edad. Y ahora, casi con toda seguridad, ni siquiera se habrían despertado.

No le extrañaba que no hubieran intentado invitarla al plan, en parte era culpa suya por decir siempre que no le apetecía, pero, por una vez, se sintió sola e ignorada. ¿Cuándo había pasado? ¿Cuándo habían llegado a ese punto?

Sabía que había ido encerrándose en sí misma y, aunque ellas lo achacaban a los videojuegos, ella sabía que tenía más que ver con su situación en casa. Por un momento ese sentimiento, esa necesidad de ser normal, regresó a ella con más fuerzas que nunca. Si se mudaban, conocería gente nueva, tendría una oportunidad para empezar de cero y olvidar su pasado. Hacer borrón y cuenta nueva. Intentar tener una vida normal... Y todo eso sin perder aquello que más le importaba, ya que seguiría teniendo Alanar y a Efarin al alcance de su ordenador.

Se levantó por fin y se dirigió a la cocina, dispuesta a desayunar y, como había dicho su madre, preparar todo para ir al pueblo de su padre. Por más que no le apeteciese lo más mínimo.

La encontró en la cocina haciendo un guiso que se le antojó apetecible y torció el gesto al saber que no lo probaría por culpa de la maldita custodia. Normalmente llevaba bien lo del divorcio de sus padres, incluso le era indiferente, pero en las últimas veinticuatro horas no podía dejar de pensar en él y en la vida que tenían antes, en lo que había cambiado su vida en los últimos años y todo lo que se había perdido. Y ahora el siguiente cambio que se acercaba era aún más grande.

—Por fin te levantas —comentó su madre al verla aparecer.

—Me costó dormir ayer —confesó Vera—. Mucho en lo que pensar.

Su madre la miró comprensiva y cuando pasó a su lado le dio un beso en la mejilla que animó un tanto a Vera. No tardó en preparar la leche con cacao y en sentarse en la única banqueta que había en la pequeña cocina del apartamento. Al menos tendría un rato para desayunar y terminar de despertarse mientras su madre guisaba.

Mientras daba vueltas a la leche con la cucharilla, se le ocurrió una idea y lanzó una mirada de duda a su madre.

—¿Papá sabe lo de la plaza de Diego?

La mujer giró el rostro hacia ella y frunció el ceño.

—Pues, sinceramente, no lo sé. Mándale un wasap para preguntarle.

—Déjalo, no le saco el tema si no me dice nada y ya está —concluyó Vera—. Además, todavía no habéis decidido nada de lo de la mudanza y todo eso, ¿no?

—No «hemos» decidido. Los tres, tú incluida, cielo —puntualizó la mujer mientras trasteaba por la cocina—. Como dijo Diego ayer, ya no eres una cría.

—Ya, pero la decisión es cosa tuya, que para eso tienes mi custodia, ¿no?

Vera se encogió de hombros. Era consciente de que sus palabras habían sonado un tanto melancólicas, aunque tampoco podía evitarlo. Dio un sorbo a su taza de cacao y observó a su madre; vio que ella se había apoyado en la encimera y había cruzado los brazos ante el pecho y la miraba muy seria.

—Bueno, pues tomaré la decisión que tenga que tomar, pero también quiero oír qué tienes que decir al respecto.

—¿Qué quieres que te diga? —replicó sintiéndose acorralada de pronto—. Me alegro mucho por Diego, lo que ha conseguido es la leche.

—Sabes a lo que me refiero. Siempre que te pregunto al respecto me sales con evasivas.

—¿Evasivas yo?

Su madre ladeó la cabeza y enarcó una ceja dedicándole una de esas miradas que solo ella sabía utilizar. En esa ocasión Vera leyó clarísimamente un «no te hagas la tonta, sabes de sobra de lo que te estoy hablando».

—Sé que es repentino —continuó la mujer—. Pero tendrás al menos una ligera idea de lo que quieres estudiar, ¿no?

—Sí, aun así... Me ha pillado un poco fuera de juego.

—Ya, ya lo sé. Los exámenes y demás.

—Ya no es solo eso, es que no había pensado...

—Que si nos marchamos tus amigas van a estar lejos y es difícil adaptarte a los cambios, lo sé —la cortó su madre—. Ciudad nueva, gente nueva... Es un cambio muy gordo, pero si nos mudamos tenemos que pensar en mirar institutos y todo lo demás, tampoco podemos dejarlo demasiado.

Vera no respondió enseguida, dio otro trago a su cacao. No sabía si era el mejor momento para decirle que en realidad sus amigas se habían convertido más bien en compañeras de clase, que llevaban ignorándola bastante tiempo, centradas en asuntos que a ella no le interesaban demasiado. Por no hablar de que la paga que le tenía asignada no le daba para nada y, en el caso de querer apuntarse a los planes que hacían las chicas los fines de semana, hubiera sido incapaz de seguirles el ritmo. No, definitivamente no era el momento de ponerse a explicarle absolutamente todo lo que le pasaba por la cabeza; era demasiado responsable como para no saber la situación que tenían en casa y que no era culpa de su madre.

—Siempre me han dicho que se me daría bien el Bachillerato de Artes —admitió a media voz—. Pero pensaba ponerme a trabajar, sé que hace falta el dinero.

—Si las cosas salen como tienen que salir, puedes quitarte eso de la cabeza, Vera —le dijo su madre—. Ya oíste ayer a tu hermano, incluso podrías ir a la universidad.

Vera no dijo nada enseguida, tan solo asintió despacio, mientras apuraba su desayuno. Después se levantó y metió la taza en el lavavajillas.

—Lo pensaré, te lo prometo —dijo tratando de sonar conciliadora—. Es que ha sido tan de repente…

Su madre le sonrió y se giró de nuevo hacia el guiso.

—Bueno, tú no te preocupes. Ahora céntrate en el curso y ya está. Iremos hablando las cosas y tomaremos una decisión, hay muchos pros y contras que valorar.

Vera se apoyó en el marco de la puerta y se giró hacia su madre antes de salir.

—A ver, sí, pero es una oportunidad demasiado buena, ¿no?

La mujer se volvió para mirarla.

—Es buena, pero lo cambiaría todo.

Vera se encogió de hombros y recordó una de las frases recurrentes de Sandalveth dentro del juego.

—No hay recompensa sin riesgo, hay que ser valiente para enfrentarnos a nuestros miedos.

Se dio cuenta de que su voz había sonado estática, quizá demasiado solemne al imitar el tono de su guerrera bárbara, pero su madre le sonreía.

—Anda, ve a preparar las cosas, tu padre llegará enseguida —le dijo—. Ya hablaremos.

6

Viajar con su padre siempre resultaba monótono, con aquella radio de *rock* clásico que siempre ponía las mismas canciones y conversación escasa. Al igual que ella, era un hombre de pocas palabras y su actitud calmada e indiferente enseguida le indicó a Vera que, como había esperado, Diego aún no le había contado nada sobre su plaza de celador. Decidió evitar el tema y supo que su padre no le daría mayor importancia a su estado ausente. Tampoco es que solieran tener mucha conversación durante el fin de semana, habitualmente ella se centraba en sus estudios y su padre solía encargarse de sus asuntos.

Sabía que se preocupaba por ella, le preguntaba sobre sus exámenes y siempre se ofrecía a ayudarla en lo que necesitase… pero la dejaba bastante a su aire, mucho más que en su casa. Hubiera sido maravilloso si al pueblo llegase buen internet, pues podría pasar los fines de semana jugando a *Reinos de Alanar* sin que él la molestase. Estaba segura de que incluso se interesaría por aquel videojuego al que llevaba jugando tantos años y que era su pasión.

Vera no conocía la razón que había llevado a sus padres hasta el divorcio. Sabía que habían sido felices durante años y la situación en casa siempre había sido tan normal que a ella le había extrañado muchísimo el momento, tres años atrás, en que ambos habían anunciado su divorcio de mutuo acuerdo y sin más dramas de por medio.

Lo que sí que había notado era que su madre estaba más preocupada y atareada, y, claro, que faltaba el dinero en casa. Por su parte, su padre había ido volviéndose más frío con el tiempo. Casi parecía que estuviera triste. O quizá se equivocase y el hombre siempre hubiera sido así de reservado.

El asunto era que ella sentía la cabeza metida en una centrifugadora de nervios, dilemas y preocupaciones, pero tampoco tenía confianza como para contarle todo lo que le pasaba por la cabeza, sobre todo sabiendo que Diego le había mantenido al margen de todo el asunto hasta el momento. Y dudaba que a su madre le gustase la idea de que ella fuese hablando de futuras mudanzas que todavía no estaban decididas.

Miró el móvil distraída, sus amigas tampoco habían ayudado en ese tema, lo que solo acentuaba su soledad y su melancolía. Recordaba que cada vez que una de ellas tenía un problema abrían «gabinete de crisis» para echar una mano a la afectada. Pero ante lo que ella les había contado la noche anterior tan solo habían respondido con frialdad con un «me alegro por tu hermano, Vera» y un «jo, son superbuenas noticias que al final sí que puedas estudiar».

Apenas habían hablado del dilema de la mudanza a Guadalajara y todo lo que significaba. Era como si les diera igual.

Vera tenía bastante claro que era así y le dolía darse cuenta. Cuanto más lo pensaba, más le escocía. Las conocía desde crías, al menos a Nuria y Lucía —Clara se había unido al grupo al comienzo del instituto—, pero ahora le resultaban auténticas desconocidas. Habían estado más ocupadas en comentar el ligue de una de ellas la noche anterior con un chico de otro instituto que en preocuparse por ella o en cómo estaba llevando las noticias de la inminente mudanza.

Dolía muchísimo y, sin embargo, estaba demasiado acostumbrada a ocultar lo que le dolía. Sabía que iría al instituto el lunes y ni siquiera se atrevería a sacar el tema y «aguarles la fiesta» a sus compañeras. Cada vez tenía más claro que parecía que les molestasen sus movidas, estaban siempre pensando en otras cosas, como si viviesen en mundos opuestos.

Suspiró profundamente y volvió a bloquear el móvil y lo dejó caer en su regazo.

—¿Qué te pasa hoy, Vera? —preguntó su padre en respuesta a su suspiro—. Te veo tristona.

—Movidas con las chicas —resumió. Prefería explicarle aquel apartado de todas sus preocupaciones, sería más fácil y no tendría que dar muchas explicaciones.

—¿Sigues con el grupo de siempre? Lucía, Nuria y Claudia, ¿no?

—Clara —corrigió automáticamente— Sí, bueno, más o menos. Las cosas ya no son como eran.

—Claro, ya no sois unas niñas. Ahora empezaréis con esos problemas de novietes y tal.

—No lo sé —admitió Vera—. Creo que el problema es que últimamente no salgo mucho con ellas, ya sabes. Hacen planes los fines de semana y yo nunca puedo ir.

—¿Te sientes desplazada? —comprendió él—. Si quieres quedarte algún fin de semana en Granada solo tienes que decírmelo, cielo.

Vera asintió con la cabeza y le dedicó una media sonrisa.

—Y si no, siempre puedes invitarlas a pasar el fin de semana aquí al pueblo. ¿O ya no hacéis fiestas de pijamas?

Vera desvió la mirada hacia la ventanilla asintiendo distraídamente.

—Gracias, papá —le dijo—. Quizá alguna vez.

Dudaba muchísimo que sus amigas quisieran ir a aquel pueblo perdido en Sierra Morena, pequeño, sin bares en los que ir a bailar, sin más jóvenes y, sobre todo, con una cobertura tan escasa.

La conversación murió entre ambos mientras terminaban de alcanzar Bubión. Era un pueblo pequeño, de casas blancas y calles empedradas. Su población tenía una media de edad que reducía drásticamente sus opciones de ocio, a no ser que quisiera ir a escuchar los cuentos y batallitas de sus ancianos vecinos. El lado bueno era que, con los exámenes a la vuelta de la esquina, no había mejor sitio para estudiar sin distracciones.

De pequeña había disfrutado mucho de las vacaciones en el pueblo, de ir con su familia a hacer rutas por la montaña, de jugar en las calles con su hermano y los pocos niños que también iban allí a veranear. Pero ahora de aquellos tiempos tan solo quedaba el recuerdo y aquella casa que se hacía demasiado grande para dos personas.

Ayudó a su padre a bajar del coche algunas compras que había hecho para el fin de semana y descubrió la agradable sorpresa de que aquella noche pensaba hacer su receta de nachos con carne, chili y queso. Un poco más animada ante aquella perspectiva, se instaló en el salón de la casa, se puso los auriculares con su música preferida y se dispuso a terminar los deberes que no había sido capaz de completar la noche anterior.

Cuando su padre terminó de guardar la compra y echó un vistazo a lo que estaba haciendo, le sonrió.

—¿Problemas con las matemáticas? —preguntó.

—Problemas «de» matemáticas —bromeó Vera quitándose los cascos un instante—. No, papá, tranquilo, todo bien.

El hombre asintió y la dejó a solas. Vera agradeció poder concentrarse en la tarea y dejar de darle vueltas a todas las ideas que bullían por su mente. Seguía notando que tenía la necesidad de hablar con alguien de todo lo que le estaba pasando, pero no podría hacerlo hasta el domingo por la noche, con suerte. Para eso, al conectarse a *Reinos de Alanar*, Efarin tendría que estar en línea también.

No se sorprendió de que, rato después, su padre se sentase en el lado opuesto de la amplia mesa del comedor llevando consigo la última maqueta que estaba fabricando: una réplica del Halcón Milenario de *Star Wars* con todo lujo de detalles.

—Has avanzado mucho desde la semana pasada —comentó retirándose los auriculares una vez más—. Ya va pareciendo algo.

—Sí, poco a poco —respondió él, y se echó a reír.

Vera lo observó hacer un rato y después regresó a su tarea. Cada vez tenía más claro que su faceta artística la había heredado de su padre; siempre le había visto crear cosas, desde muy niña. Recordaba con especial cariño la época en la que le dio por hacer esculturas de madera y les tallaba animales a ella y a su hermano y cómo se divertía pintando todas las figuras que terminaba.

Sonrió. Él sí la entendería cuando le dijera que quería hacer Bellas Artes. De hecho, seguro se alegraría mucho por ella.

«Tengo que decirle a Diego que le llame», se dijo. Aunque era consciente de que ambos se habían distanciado mucho en los últimos tiempos, seguro que su padre se alegraría por él y su nuevo trabajo. Por más que le costase mantener el secreto, debía de enterarse de las novedades directamente de su boca, no podía contárselo ella.

No podía evitar pensar que, si se mudaban a Guadalajara definitivamente, Bubión quedaría aún más lejos y dudaba que la rutina siguiera siendo la misma. Veía impensable ir hasta allá cada fin de semana si había más de una hora de viaje. Bien pensado, tal vez su padre no se alegraría tanto de ese cambio.

Suspiró de nuevo y se recordó a sí misma que aún no había nada decidido. Tenía que mantener la calma y esperar a ver qué pasaba.

«Céntrate en los exámenes, Vera», se dijo. «De nada sirve que te anticipes a un problema que no puedes solucionar».

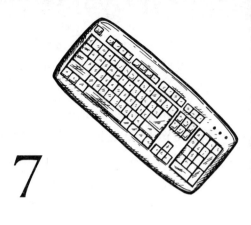

7

Las semanas pasaron sin notarse y, para cuando quiso darse cuenta, los exámenes finales habían llegado. Después de muchas conversaciones, su familia llegó a la conclusión de que harían la mudanza a Guadalajara entre julio y agosto, antes de empezar el curso de nuevo. Su madre tenía que avisar en el trabajo de que lo iba a dejar con cierta antelación, así que habían decidido hacerlo así, aunque Diego ya se había marchado porque debía tomar posesión de la plaza cuanto antes. Además, así había tenido algunos días para buscar piso y ellas podían enviarle cajas con sus pertenencias a través de correos para ir adelantando algo de faena de la mudanza.

Desde entonces habían hecho algunas videollamadas y Vera tenía que admitir que lo echaba muchísimo de menos. Casi estaba deseando el momento de la mudanza para estar de nuevo bajo el mismo techo, aunque luego discutiesen por tonterías.

Después del pánico inicial, había ido haciéndose a la idea del cambio en su vida y estaba deseando ver la nueva ciudad, aunque sabía que extrañaría Granada. Sus amigas habían manifestado la envidia que sentían, ya que, pese a que Guadalajara no era una ciudad demasiado grande, tenía Madrid a tiro de piedra. Con sus conciertos, sus museos, sus musicales, su fiesta. Podría apuntarse a muchos de esos planes que eran inaccesibles viviendo tan lejos. Aunque Vera dudaba muchísimo que le gustasen las multitudes madrileñas, sí admitía que sería una aventura. Cuanto más lo pensaba, más le gustaba la idea de ir allí a la universidad, con todas las oportunidades que implicaba.

Había vuelto a calmarse, pese a las circunstancias; bueno, lo más calmada que podía estar en época de exámenes. Aquel día habían sido dos: Lenguaje e Inglés y, aunque el primero le había salido muy bien, sabía que el otro estaba apenas para sacar un cinco. Dependía de la suerte e, incluso así, era bastante posible que tuviera que ir a recuperación.

Por eso regresó a casa algo desanimada y deseando, más que nunca, desconectar un rato en Alanar. Al día siguiente le tocaba el examen de Biología, uno de los más difíciles, y sabía que tendría que pasar toda la tarde estudiando.

Nada más llegar a casa, lo primero que hizo fue encender su equipo como cada día e ir a calentar la comida que sabía que su madre le había dejado hecha. En aquella ocasión era un rico arroz a la cubana que tendría que acompañar con huevos fritos. No tardó en prepararlos también y en acomodarse delante del ordenador.

Empezó a comer mientras la pantalla de carga de *Reinos de Alanar* transcurría ante sus ojos. Sabía que había dejado a Sandalveth descansando en una taberna del Reino de los Humanos, pero la siguiente misión que tenía que completar estaba en la otra punta del continente, en pleno País de los Elfos.

Por eso, en cuanto el juego cargó, se puso a los mandos para llevar a su bárbara hasta el servicio de vuelo, consciente de que tardaría algunos minutos en llegar a su destino a lomos de una de aquellas gigantescas águilas que, sin duda, eran un guiño a *El Señor de los Anillos*. Le daría el tiempo justo para terminar de comer.

Sabía que hacía mal en comer tan rápido y que su madre se escandalizaría si la viera casi engullir la comida con tal de ganar algunos minutos dentro del juego, pero quería aprovechar al máximo el tiempo en su lugar favorito antes de seguir ejerciendo de estudiante responsable. Fue a fregar los platos que había utilizado y, cuando volvió, se encontró a Sandalveth aguardando ya en su destino, junto al puesto del encargado del vuelo y en actitud de charlar con él. Pero no fue eso lo que le llamó la atención, sino que tenía algunos mensajes en la ventana de chat.

 Efarin Hoy, a las 15:23
¡Ey, Sanda! No te esperaba por aquí a estas horas.

 Efarin Hoy, a las 15:25
¿Qué andas haciendo? ¿Terminaste las misiones del elemental del fuego?

 Efarin Hoy, a las 15:30
...?

Se apresuró a sentarse y, antes de hacer nada más, responder a su amigo.

Sandalveth Hoy, a las 15:42
Perdona, estaba *afk*.

Efarin Hoy, a las 15:43
¿Otra vez escondiéndote de tu madre?

Sandalveth Hoy, a las 15:44
Qué va, terminando de comer. Mi madre aún no ha llegado.

Efarin Hoy, a las 15:44
Ya decía yo que era raro verte por aquí.

Sandalveth Hoy, a las 15:45
Es la lata de la época de exámenes. ¿Qué, tú no estudias?

Efarin Hoy, a las 15:45
Sí, pero da tiempo a todo.

Sandalveth Hoy, a las 15:46
Eso no es lo que piensa mi madre, me temo.

Efarin Hoy, a las 15:47
Bueno, así sacarás mejores notas, señorita aplicada. ¿Qué tal te están yendo?

Sandalveth Hoy, a las 15:48
No tan bien como deberían, creo. Hoy he hecho uno de Inglés que no sé si aprobaré. Se me dan fatal los idiomas ☹

Efarin Hoy, a las 15:50
Inglés es fácil. Si alguna vez necesitas que te eche una mano, solo tienes que decírmelo, ¿vale? Siempre podemos ir a Discord o lo que sea.

Vera se quedó paralizada un momento, consciente de lo que le proponía su amigo. Ella no tenía Discord, más bien no utilizaba ningún tipo de chat de audio, y sus cascos inalámbricos solo le servían para escuchar música, no estaban preparados para hacer *streaming* ni esas cosas. Se mordió el labio inferior, creía recordar que unos auriculares que le vinieron con un móvil viejo sí tenían micrófono, pero no sabía si era buena idea. Tragó saliva y sintió que se ponía nerviosa de solo pensarlo. Nunca había oído la voz de Efarin, ni él la suya. No podía evitar que le diera cierta vergüenza cruzar esa línea, como si al escucharse el uno al otro fueran a romper una barrera existente entre Alanar y el mundo real. Una barrera invisible pero que llevaba separándoles tantos años que parecía muy sólida.

 Sandalveth Hoy, a las 15:52
No sé si mi ordenador aguantará con el Discord y el juego.

 Efarin Hoy, a las 15:52
Si es para el inglés no hace falta que tengas Reinos abierto, pero como quieras.

 Sandalveth Hoy, a las 15:53
Bueno, el examen ha sido hoy, así que lo hecho, hecho está.

 Efarin Hoy, a las 15:54
Vale, vale, lo siento. No quería que te sintieras obligada.

¿Ella? ¿Sentirse obligada?

El nerviosismo que la había invadido no tenía que ver con que se sintiera obligada a nada. Era más una mezcla de vergüenza con el hecho de que estaba segura de que a su madre no le haría ninguna gracia que hablase con nadie que hubiera conocido por internet. Pero entendía que Efarin pensara que le estaba poniendo excusas, cuando era todo lo contrario.

 Sandalveth Hoy, a las 15:55
Qué va, no me siento obligada.

 Sandalveth Hoy, a las 15:56
La verdad es que me gustaría escucharte, aunque también me da algo de vergüenza.

Sabía que estaba poniéndose roja solo de escribir aquellas palabras, tanto que le había costado horrores darle a la tecla de *intro*. No sabía si sería capaz de articular palabra, si se juntaban los dos en un canal de audio.

 Efarin Hoy, a las 15:57
Anda que... Será porque somos amigos desde ayer.

Vera sacudió la cabeza. Aunque sabía que tenía razón, por alguna razón no podía evitar sentirse así y a la vez un poco estúpida.

 Efarin Hoy, a las 16:00
En realidad a mí también me da algo de corte, pero me gustaría escucharte alguna vez.

 Sandalveth Hoy, a las 16:01
Al final me vas a hacer instalarlo.

 Efarin Hoy, a las 16:02
Eh, que yo no quiero obligarte a nada. Pero, jo, después de todos estos años juntos ni siquiera sé cómo te llamas.

El corazón de Vera dio un vuelco en su pecho y comenzó a latir desbocado. Efarin tenía razón, ella también llevaba tiempo pensándolo. Él sabía absolutamente todo acerca de ella, todos sus dramas, sus preocupaciones, pero también sus gustos y sus manías. Y ella también sabía muchas cosas acerca de él, como que tenía una hermana pequeña a la que adoraba, que su perro se llamaba Thor y que se lo pasaba fenomenal llevándolo a hacer caminatas por el campo.

Y, aun así, en más de cuatro años, no sabían cómo sonaba la voz del otro. Ni siquiera sabían cómo se llamaban en la realidad. Siempre habían sido Sanda y Efarin. La bárbara y el silfo. La fuerza y la magia. Por un momento le supo a poco y quiso ponerle remedio.

 Sandalveth Hoy, a las 16:05
Me llamo Vera.

Escribió finalmente, y sintió que esa línea que separaba *Reinos de Alanar* y el mundo real se hacía más difusa entre ambos.

 Efarin Hoy, a las 16:05
Yo me llamo Izan.

Izan. Vera sonrió. Le pegaba su nombre y, por alguna razón, sentía una calidez especial en el corazón al haber roto aquella barrera; sin embargo, le costó encontrar algo que decir.

Sandalveth Hoy, a las 16:06
Encantada, jajaja.

Efarin Hoy, a las 16:07
Anda, boba 😊

Sandalveth Hoy, a las 16:10
Pues no sé si instalarme Discord o qué, me da miedo que mi ordenador no lo aguante, lleva unos cuantos días haciendo tonterías.

Efarin Hoy, a las 16:10
A ver si va a explotar la tostadora.

Sandalveth Hoy, a las 16:11
Espero que no, ya lo que me faltaba.

Efarin Hoy, a las 16:13
Teóricamente tiene que consumir menos recursos que Reinos, pero si quieres déjalo para después. Si ya te funciona lento normalmente, si te pones a descargar cosas no vas a poder jugar.

Sandalveth Hoy, a las 16:13
En eso tienes razón. Y esos elementales de fuego no van a matarse solos.

Efarin Hoy, a las 16:14
Yo ya he terminado la cadena, pero estoy *farmeando* flor de ceniza por la zona. Si me necesitas para lo que sea, ya sabes dónde estoy.

Sandalveth Hoy, a las 16:15
Eso está hecho, ¡gracias!

Vera sonrió, agradecida de que su amigo siempre estuviera dispuesto a echarle una mano. ¿Cómo era posible que fuera una persona tan genial? Tan dispuesto a echarle una mano a matar elementales como a ayudarle con el inglés si le hacía falta. Había tenido muchísima suerte en conocerle. De eso se había dado cuenta especialmente al ver la facilidad con la que sus amigas de toda la vida le habían dado de lado sin más remordimientos.

Al fijar su mirada en su bárbara, se dio cuenta de que la guerrera se había cansado de su inactividad y se había apoyado en la valla del puesto del cuidador de águilas. En aquellos momentos estaba afilando su hacha de guerra en una animación automática que indicaba que llevaba demasiado tiempo sin hacer nada en el juego. Echó un vistazo al reloj que había sobre el minimapa; cada vez quedaba menos tiempo para que su madre volviera del trabajo. Al final, en vez de jugar, se había pasado la tarde hablando con Efarin.

Sonrió. Fuera como fuese, había merecido la pena. Se sentía mucho mejor ahora después del día tan estresante que había tenido y todo gracias a su mejor amigo. Efarin. Izan.

* * *

Tal y como planeaba, pasó la tarde repasando para el examen de Biología que le esperaba al día siguiente. Si bien era uno de los más difíciles —no solo por la materia, sino porque la profesora era tremendamente exigente—, también era uno de los que llevaba mejor preparados. Quizá precisamente porque le daba miedo.

Por eso, después de cenar y tras dejar a su madre viendo una absurda película de asesinatos en la televisión, se atrevió a encender su ordenador una vez más. Le costó iniciarse, como le pasaba últimamente, por lo que aguardó reclinada en la silla y echando un vistazo por encima a las redes sociales.

Había visto que una de sus amigas había entrado en pánico acerca de algo relacionado con el examen del día siguiente, pero no le apetecía ponerse a tranquilizarla, tan solo quería que su ordenador se encendiese de una vez y poder entrar en *Reinos de Alanar*.

Sin embargo, parecía que los iconos del escritorio se negaban a aparecer. Y su ordenador ya llevaba un rato mostrando su fondo de pantalla sin dar muestras de que estuviera cargando nada más. Vera respiró hondo y continuó ojeando la red social que tenía abierta.

Rato después no había novedades y Vera comenzó a ponerse nerviosa. Trató de mover el cursor en la pantalla, a ver si conseguía hacerlo reaccionar, pero no aparecía por ningún lado. Entonces se dio cuenta de que el reloj digital del ordenador marcaba las 22:49 y le bastó un vistazo para darse cuenta de que ya pasaban de las once, al menos según su teléfono móvil.

Se irguió en su silla, tensa. Y trató de abrir el administrador de tareas utilizando la secuencia del teclado. Tal vez aquello lo hiciera reaccionar.

No hubo manera y Vera empezó a ponerse nerviosa al ver que nada se movía, que no parecía reaccionar, aunque la torre del ordenador siguiera encendida y con los ventiladores funcionando a todo trapo.

Entonces sucedió algo que le heló la sangre en las venas. El temido pantallazo azul llenó su pantalla y un mensaje de error acompañado por una carita triste hizo que sintiera que se le caía el mundo encima.

No podía ser. Aquello no podía estar pasándole a ella.

Forzó el apagado del ordenador y respiró hondo una, dos, tres veces.

—No puede ser, no puede ser, no puede ser —murmuró.

Ajustó los conectores en la parte de atrás de la torre y volvió a encenderlo. En esta ocasión su ordenador reaccionó muchísimo más rápido. No hubo esperas ni fondo de pantalla. Directamente apareció el pantallazo azul.

Se levantó de la silla, presa del pánico, y salió de su dormitorio como una tromba.

—¡Mamá! —llamó, mientras se plantaba en el salón en un santiamén y encendía la luz.

—Vera, ¿qué pasa?

La mujer la miraba adormilada y frunciendo el ceño profundamente, molesta por la lámpara repentinamente encendida. Se incorporó un tanto y miró a su hija preocupada, pero Vera no sabía cómo gestionar aquello.

—Mi ordenador no enciende —explicó alterada—. Me ha salido un pantallazo azul.

—¿Y qué haces en el ordenador a estas horas? —preguntó la mujer pasándose una mano por el rostro.

Vera la miró anonadada. ¿Y eso qué más daba? Su ordenador acababa de amenazar de muerte. ¿Y si se rompía? ¿Y si no encendía nunca más?

—Lucía me ha pedido unos apuntes de Biología —mintió tratando de sonar convencida—. Las diapositivas que nos mandó el profe sobre los taxones y las familias de...

Su madre suspiró y volvió a recostarse apoyando la cabeza en el brazo del sofá.

—¿Y no las tiene? Envíaselas con el móvil —dijo.

—Es que me apaño mejor con el ordenador, porque las tenía descargadas y...

—Pero si no va, envíaselas con el teléfono.

Vera respiró hondo.

—Mamá, que no me funciona el ordenador, que se me ha roto.

La mujer le dedicó una mirada más, esta vez algo molesta.

—¿Y qué quieres que yo le haga? No son horas.

—Pero, ¿qué hago? ¿Y si pierdo todo lo que tenía dentro? ¿Y si no tiene arreglo?

Era terriblemente consciente de que si se le había roto el ordenador habría perdido mucho más que cuatro fotos y los apuntes de clase. Acababa de perder su mundo, su vida. No podría jugar más a *Reinos de Alanar*. ¿Y Efarin? No quería dejar de pasar su rato diario con él, por más que tan solo fueran dos personajes virtuales en un mundo de fantasía matando monstruos y haciendo el gamberro. Muchas veces era lo único que la animaba. Charlar con él era lo único que la hacía sonreír en todo el día.

—Ya mañana lo llevamos a la tienda, a ver qué pueden hacer —murmuró la mujer.

Vera sintió que se moría por la calma con la que su madre le decía aquello, cuando para ella era una auténtica tragedia.

—Venga, a dormir. Tienes que descansar —insistió su madre—. Y apágame la luz, anda.

Vera obedeció, le dio al interruptor y salió del comedor arrastrando los pies.

Llegó a su habitación y vio en su ordenador aquella odiosa pantalla azul que le había sentado peor que una puñalada. No podía creérselo. Volvió a apagarlo e intentó encenderlo por tercera vez. Pero nada cambió, tan solo llegaron unas tremendas ganas de llorar.

Se dejó caer en la cama presa del desaliento y dejó que las lágrimas ganasen la batalla. Tan solo esperaba que tuviera arreglo, le daba igual estar una semana sin ordenador por la reparación de turno. Si no tenía arreglo... No quería ni pensarlo.

8

—¿Y bien? —preguntó Vera a punto de explotar.

—No seas impaciente, hija, ya que nos hace el favor de mirarlo...

Vera no añadió nada más. No pudo evitar el impulso de llevarse la mano a la boca y empezar a morderse las uñas. No le gustaba aquel acto reflejo y llevaba un tiempo intentando corregirlo, pero aquella vez fue incapaz.

Había logrado aguantar el día con vehemencia y ser paciente, pero, después de hacer el examen de Biología —que le había salido sorprendentemente bien teniendo en cuenta que tenía la cabeza en otro sitio—, solo había pensado en su ordenador moribundo.

Además, el cambio en su rutina tampoco le había sentado demasiado bien. Nunca se le habían hecho tan largas las horas entre la vuelta del instituto y la llegada de su madre a casa del trabajo.

Le había costado convencerla de que le corría prisa recuperar su ordenador. Lo consiguió alegando que tenía dentro un trabajo importante que entregar, lo cual en realidad era mentira porque ya había entregado todos los trabajos. Y al llevar la torre a la tienda de informática del barrio, el joven le había dicho que podría tardar una semana en repararlo… si tenía arreglo.

Por suerte su madre le había insistido argumentando que su hija necesitaba recuperar algunos documentos para terminar el curso y el chico de la tienda se había apiadado de ella. Les había pedido que esperasen, que realizaría un diagnóstico para ver qué era lo que le pasaba al ordenador y, si le llevaban una memoria USB, rescatar los documentos que le hicieran falta del disco duro.

—Me temo que te has quedado sin placa base —respondió el informático al cabo de un rato.

—¿Eso qué significa? —preguntó Vera.

—¿Y eso es caro? —preguntó su madre a la vez.

El joven las miró a las dos alternativamente, pero finalmente posó su mirada en Vera.

—El lado bueno es que no has perdido nada —explicó con calma—. Puedo recuperarte todo el disco duro. El lado malo… —continuó desviando sus ojos hacia su madre—. Es que le va a salir casi más caro reparar este ordenador que comprar uno nuevo.

Vera se quedó blanca como el papel, sobre todo al escuchar a su madre resoplar a su lado.

—Vale, sácale entonces todos los trabajos y las fotos y esas cosas —indicó.

Vera tragó saliva y bajó la cabeza. Entendía que su madre no quisiera arreglar esa tartana que tenía demasiados años, pero las consecuencias para ella eran terribles.

—Necesito que me traigas una memoria extraíble o un par de ellas —añadió el chico—. Para guardarte ahí todos los datos que puedas necesitar. Pero no te preocupes, si te haces con un ordenador nuevo puedes volver a meter este disco duro y recuperarás todos los datos.

—¿Y cuánto valdría un ordenador nuevo? —preguntó Vera con un hilo de voz.

—Depende de lo que quieras gastarte, claro.

Vera miró a su madre, pero esta negó con la cabeza y le lanzó una de sus miradas en las que se leía un desalentador «ya hablaremos». Sabía exactamente lo que significaba: acababa de quedarse sin ordenador por tiempo indefinido. Y con el verano a las puertas.

—En un rato te trae la memoria esa —concluyó su madre—. Muchas gracias por mirarlo tan rápido.

—No se preocupe. Una avería en un mal momento puede tirar un curso por la borda, sé lo que es eso.

El joven sonrió y su madre le devolvió el gesto. Vera, sin embargo, asintió con la cabeza, decaída, y salió de la tienda.

Su madre enseguida salió tras ella y juntas reemprendieron el camino de vuelta a casa bajo el asfixiante sol de principios de verano. Vera no tenía ganas de hablar, consciente de lo que había, pero su madre parecía que no pensaba lo mismo.

—El lado bueno es que ya está acabando el curso —dijo.

«¿El lado bueno?». Vera quiso echarse a reír y a llorar al mismo tiempo, pero no se atrevió a hacer ninguna de las dos cosas, tan solo siguió caminando cabizbaja.

—Lo malo es que creo que Diego se llevó su portátil —continuó diciendo su madre. Chasqueó la lengua—. Me temo que te va a tocar apañarte con el de la biblioteca de momento, cielo. O pedirles a tus amigas que te dejen ir a su casa a terminar los trabajos. Ahora mismo no podemos comprar un ordenador nuevo.

—Me apañaré —murmuró Vera sin ganas de discutir—. Por suerte, tenía casi todo terminado. Algo bueno tenía que tener eso de llevar las cosas al día.

—Pues sí, menos mal.

Su madre parecía tranquila, completamente ajena a la tragedia que suponía aquella avería para su vida, pero Vera no tenía ganas de explicárselo. El día siguiente era viernes, último día de la semana de exámenes y le tocaba Matemáticas y Ética. Sería fácil, aunque en aquellos momentos hasta le daba igual.

Llegaron a casa y Vera enseguida recogió los USB que creía que tenía vacíos para volver a la tienda y que el informático le sacase todos los datos, aunque fuese para nada. Suspiró y se quedó sentada en la silla del escritorio mirando el hueco vacío que había dejado su torre. Casi igual de vacía se había quedado ella al saber que se habían trastocado todos sus planes futuros. Adiós a los días de verano jugando con Efarin. Adiós al nuevo parche de aquarántidos que tanto prometía.

No podía creerse que aquello le estuviera pasando a ella, era el colmo de la mala suerte.

—Va, alegra la cara —le dijo su madre asomándose a su habitación—. Todo tiene solución, ¿ves? No has perdido nada y el curso está a punto de terminar.

—He perdido mucho, mamá —murmuró Vera lanzándole una mirada cansada.

—El chico de la tienda ha dicho que no.

—No me refiero a eso.

—¿Ya estás pensando en el juego ese? Llevo tiempo diciéndote que estabas demasiado obsesionada, al final voy a tener razón y no te está haciendo ningún bien.

—¿Que no me está haciendo ningún bien? Es lo único bueno que tengo en la vida —replicó Vera.

Su madre se cruzó de brazos y frunció el ceño, a todas luces molesta por las palabras de su hija.

—Es un videojuego —zanjó.

—Es mucho más que eso, mamá, aunque tú no lo entiendas.

—Qué dramática.

—¿Dramática? —Vera soltó una carcajada—. Mi mejor amigo está ahí en ese «videojuego». Él es el único que me escucha, el único que me entiende. Cada día lo único que quiero es entrar ahí, desconectar y ser feliz un rato.

—Hay vida más allá de las pantallas, hija. Te vendrá bien desconectarte.

—¿Cómo? ¿No desconecto lo suficiente yendo cada finde al pueblo de papá? ¿Quieres que pase las tardes con unas amigas que pasan de mi culo y que prefieren salir los fines de semana a emborracharse? ¿O te refieres a esos compañeros de clase que no volveré a ver porque nos vamos a mudar a 500 kilómetros?

—Vera...

—No —la cortó ella poniéndose en pie con los USB en la mano—. Maldita sea, estoy harta de ser la única empática en esta familia. Para mí esto es horrible, una catástrofe, lo peor que me ha pasado en mucho tiempo. Pierdo mucho más de lo que tú crees, todos mis planes de verano a la mierda... Pero, claro, soy una dramática. Entiendo que no hay pasta para comprarme un ordenador, joder, no estoy ciega, sé lo que hay. Pero no me pidas que ponga buena cara encima.

Su madre la miraba con los labios entreabiertos, como si aquella explosión dialéctica suya la hubiera pillado por sorpresa. Y Vera no aguardó a que se recuperara. Pasó a su lado dispuesta a ir a la tienda a que el informático recuperase lo que pudiera del cadáver de su ordenador.

Llegó a escuchar cómo su madre la seguía, pero no se detuvo. Sabía que, si la conversación continuaba, terminarían discutiendo.

—Vera, espera —le dijo su madre—. Hablemos. Yo no sabía... Tienes que contarme las cosas.

Se volvió hacia ella cansada.

—No tengo ganas de hablar, mamá. Y mañana tengo dos exámenes.

No esperó a que respondiera. Salió de casa y cerró la puerta tras ella. Sentía que le hacía falta respirar, que se ahogaba. Que la angustia que llevaba reprimiendo mucho tiempo por fin la alcanzaba y, en esta ocasión, no tenía modo de escapar.

9

El curso terminó mejor de lo que Vera había esperado. A diferencia de sus amigas, logró aprobarlo todo y su nota más baja fue aquel reluciente cinco en Inglés; nunca había pensado que se alegraría tanto de ver un aprobado raspado. Las primeras semanas sin clase fueron especialmente difíciles para ella, sin poder conectar su ordenador y echando muchísimo de menos encarnar a Sandalveth. Además, ver avances del nuevo contenido y a sus *streamers* favoritos jugando a *Reinos de Alanar* no le hacía las cosas más fáciles.

Después de aquel día en que le había soltado a su madre todo lo que significaba para ella perder su ordenador, ambas habían tenido más conversaciones. Por primera vez, Vera le habló de Efarin. Le contó que lo conocía desde hacía cuatro años y todo lo que significaba para ella; que eran grandes amigos y que la había apoyado cuando nadie más lo había hecho. Que realmente era el único que la entendía, que la escuchaba y que la hacía feliz. Que saber que pasaría días indeterminados sin hablar con él le pesaba casi más que la mudanza a otra ciudad y despedirse de Clara, Lucía y Nuria, cuando se suponía que eran sus mejores amigas.

Su madre le pidió disculpas por primera vez en su vida y aquello fue especialmente chocante para Vera. Le confesó que pensaba que seguía bien con sus amigas de siempre, que su vida era normal y que era feliz. Que le dolía darse cuenta de lo ausente que había estado y que sentía no haber estado cuando ella lo necesitaba.

Vera lloró mucho en aquella conversación y, después de decirle a su madre que no se preocupara, que sabía que ella también lo había pasado muy mal en los últimos tiempos y había intentado hacérselo más fácil, había vuelto a sentirse unida a ella.

—Has crecido mucho, mi niña —le había dicho su madre—. No sé cuándo ha pasado ni por qué no me he dado cuenta.

Después de entonces no habían vuelto a discutir. Su madre le había prometido comprarle un ordenador en cuanto pudiera; aparte de que parecía que le había quedado claro que era una parte importante de la vida de Vera, la joven lo necesitaría para estudiar. Aun así, era consciente de que no lo tendría pronto, posiblemente hasta empezar el nuevo curso, incluso algo más adelante. El tiempo que le llevase a su madre ahorrar lo suficiente como para poder permitírselo.

Habían decidido hacer la mudanza a principios de agosto y, según se acercaba la fecha, Vera estaba más nerviosa y también algo emocionada. Había conseguido plaza en la Escuela de Artes de Guadalajara y, por primera vez en mucho tiempo, tenía ganas de afrontar su futuro, de pensar a qué quería dedicar su vida más allá de a jugar a *Reinos de Alanar*.

Aquel mes de julio lo dedicaron a organizar la mudanza y a enviar cajas a Diego por correos, a sabiendas de que no serían capaces de llevar todas sus pertenencias en un solo viaje en coche y también porque les resultaba más cómodo ir haciéndolo así que contratando un camión. Como los muebles eran del casero, tan solo tenían que preocuparse de dejar todo vacío. Y cada vez lo estaba más. Apenas habían dejado algunos cacharros en la cocina suficientes para ambas y también habían empaquetado toda la ropa de invierno y otras cosas que no necesitarían en las próximas semanas.

Vera hasta había enviado a su hermano todos los periféricos de su ordenador. De todos modos, ¿para qué iban a servirle?

Que todo estuviera vacío solo acentuaba la sensación de extrañeza y de cambio, haciendo que a veces se sintiera desolada. Había vuelto a dibujar todos los días, dedicándole a esa afición las horas que no podía dedicarle a los videojuegos, y, aun así, lo cierto era que se aburría muchísimo. Tanto que incluso había salido algunas tardes con sus amigas. Cualquier cosa con tal de no quedarse en casa consumiendo absurdas series con su madre o viendo *streamings* en el móvil y muriéndose de ganas de jugar.

De ese modo se había dado cuenta de que, si bien la impresión que había tenido últimamente de que sus amigas y ella vibraban en distintas frecuencias era cierta, aún había muchas cosas que las unían. No se había animado a salir con ellas por la noche —seguía sin atraerle en absoluto la idea de meterse en discotecas o de emborracharse—, pero juntas habían vuelto a pasar muy buenos momentos. Casi como antes. Se había dado cuenta de que se había perdido muchas cosas, como que Nuria estaba emparejada con un chico del otro instituto del barrio y, por consiguiente, ahora salían también con el grupo de amigos de él. También había comprendido que Clara y Lucía cada día estaban más unidas y que prácticamente todos eran conscientes de que eran mucho más que amigas. Todos menos ellas dos.

Conoció más gente de su edad y, aunque se sentía bien en ese ambiente, no podía evitar entristecerse al darse cuenta de que en cuanto se mudasen perdería todo contacto con ellos.

—Seguiremos hablando todos los días —había prometido Lucía.

Sin embargo, Vera era muy consciente de que era una promesa a medias. Si ya se había quedado al margen de muchas cosas solo por el hecho de tener que pasar los fines de semana en Bubión, no quería imaginarse cómo sería cuando tuvieran 500 kilómetros de por medio y no pasaran juntas las horas en el instituto.

Le había sorprendido muchísimo la actitud de su padre ante la noticia de la inminente mudanza. Este se alegró enormemente por las nuevas oportunidades que tendrían tanto ella como su hermano. Y, aunque había podido esperar aquello, le había chocado especialmente el momento en que él le aseguró que no sería necesario que recorriese kilómetros cada fin de semana para pasar apenas un día en el pueblo.

—Siempre podremos pasar las vacaciones juntos y aprovechar los puentes y esas cosas —le había dicho—. Lo importante es que tú estés bien.

Vera había tratado de aprovechar al máximo los que sabía que serían los últimos fines de semana con su padre en bastante tiempo, incluso habían terminado juntos la maqueta del Halcón Milenario. Vera también había pasado algunos ratos recogiendo de la casa cosas que creía que necesitaría para clase.

El hombre se había ilusionado muchísimo al saber que había elegido el Bachillerato de Artes y le había pedido que, aunque no se vieran, le llamase para contarle lo que hacía. Vera lo había prometido y lo cierto es que no podía esperar a que aquello pasase. No sabía qué le aguardaba y esperaba dar la talla, porque lo cierto era que, por más que fuese de dieces en Plástica, eso de entrar en la escuela de arte le parecía que le quedaba grande. Estaba deseando que empezase el curso para ver cómo iba a ser aquello.

Pero primero tenían que mudarse y después aún le quedarían algunas semanas de verano dedicadas a poner a punto la casa nueva.

Todo sería nuevo. Vida nueva, casa nueva, amigos nuevos, nuevos estudios y hasta un nuevo ordenador. Aunque, sin lugar a dudas, lo que más esperaba era esto último.

Llevaba días maldiciéndose a sí misma por no haber accedido a la sugerencia de Efarin de entrar en Discord. Si lo hubiera hecho, ahora al menos tendría una manera de contactar con él, de seguir hablando pese a que no pudieran jugar juntos.

Y habría descubierto cómo sonaba su voz.

Pero lo había dejado para después y había perdido la oportunidad. Ahora solo podía lamentarse y esperar. Y se le hacía muy complicado, porque lo echaba de menos y lo necesitaba más que nunca. Deseaba volver a tener ocasión de hablar con él y contarle todo lo que estaba pasando en su vida, decirle cómo se sentía, el miedo que le daba no ser capaz de sacar el bachillerato y decepcionar a su madre, que la mudanza fuera un desastre o no llegar a encajar en el nuevo instituto. Él la escucharía; es más, sabía que la entendería porque había empezado el bachillerato un año antes que ella y para él también había sido toda una experiencia, aunque sabía que había elegido el Bachillerato Tecnológico.

Lo echaba tanto de menos que había empezado a soñar con él. A veces eran Efarin y ella Sandalveth y recorrían de arriba abajo *Reinos de Alanar* viviendo aventuras y divirtiéndose como solían. Otras veces soñaba que estaba con sus amigas y todos aquellos nuevos chicos que había conocido y que uno de ellos era él, Izan, un chico divertido con el que se lo pasaba especialmente bien y que tenía el mismo sentido del humor que su amigo virtual.

Cuando tenía uno de esos sueños, se despertaba triste y lamentándose de haber perdido la oportunidad de haber intercambiado con él al menos un número de teléfono con el que mantenerse en contacto. O simplemente las redes sociales. Conocer su voz, sus ojos o su sonrisa. Poder saber cómo era y no tener que imaginarlo.

Tan solo esperaba que él no se enfadase por su repentina desaparición o que pensase que lo había abandonado por alguna razón relacionada con su última conversación. Era totalmente al contrario y se lamentaba cada día de que hubieran empezado a romper la barrera que separaba Reinos del mundo real demasiado tarde.

Ahora no le quedaba otra solución que esperar y sabía que aquellos meses sin poder hablar con su mejor amigo se le harían eternos.

10

Aquel ocho de septiembre Vera se despertó incluso antes de que sonase el despertador, y eso que no podía decir que hubiera dormido especialmente bien. No era por la cama nueva, en la que apenas llevaba durmiendo un mes y a la que ya se había acostumbrado, ni siquiera era por la luz del sol entrando por la ventana porque no se había molestado en bajar la persiana. Era su primer día de clase en el nuevo instituto y estaba tan nerviosa que su madre había amenazado con apuntarla al gimnasio para que quemase energía por algún lado.

Cuando juzgó que ya sería incapaz de dormir más, se levantó con la intención de meterse en la ducha e intentar tranquilizarse un tanto. Sabía que aquel día y las primeras semanas serían especialmente extrañas, pero no sabía hasta qué punto. No solo por el sitio nuevo, sino por conocer a los compañeros que la acompañarían los dos próximos cursos y también a los profesores que impartirían las asignaturas que estaba deseando estudiar. Había materias de las que sabía lo que podía esperar, como Dibujo Técnico, Lengua, Historia o el maldito Inglés. Estaba deseando saber en qué consistirían Volumen o Cultura Audiovisual. Y, sobre todo, anhelaba ver cuánto aprendería en Dibujo Artístico.

Había visto tantas películas de bohemios que no tenía muy claro cómo sería la escuela de arte, temía que lo que fuera a encontrar decepcionase sus expectativas distorsionadas por el cine.

Salió de la ducha y envolvió su melena morena en una toalla antes de cubrirse con el albornoz e ir a preparar el desayuno intentando no hacer demasiado ruido. Su hermano tenía turno de noche en el hospital y no estaría en casa, pero su madre todavía dormía.

«O debería estar durmiendo», pensó al verla sentada en la cocina con la cafetera funcionando y el ordenador de su hermano ante ella.

—¿Te he despertado? Lo siento —soltó automáticamente mirándola compungida.

Su madre hizo un gesto para restarle importancia y se acomodó las gafas que utilizaba para ver de cerca sobre el puente de la nariz para volver a concentrarse en la pantalla.

Vera se preparó el desayuno y cambió el peso de una pierna a otra un par de veces mientras esperaba a que la leche se calentase en el microondas.

—No estés nerviosa, irá bien —dijo su madre con voz monótona.

«Claro, mamá, por que me digas que no esté nerviosa se me han quitado todos los nervios de golpe», pensó, aunque respondió con un asentimiento mientras observaba su teléfono móvil.

No tardó en sentarse frente a ella con su taza de cacao, sin pensar en hacerse tostadas ni coger parte del bizcocho del que sabía que quedaba más de la mitad. Tenía el estómago cerrado por la inquietud y no pensaba forzarlo. Sabía que, si lo hacía, solo conseguiría llevarse un bonito dolor de tripa a su primer día de clase.

—¿Tú qué haces? —le preguntó—. ¿Sigues buscando trabajo?

—Y seguiré hasta que me salga algo.

—Ya, pero tampoco hace falta que madrugues tanto.

La mujer se encogió de hombros y no respondió, y Vera tampoco se esforzó en seguir argumentando. A su madre aún le quedaban algunos meses de paro y, aun así, ya estaba metida de lleno en la búsqueda de empleo, lo cual tampoco parecía que le estuviera resultando fácil. Pese a que estaban viviendo mejor de lo que habían vivido los últimos años, gracias al sueldo de Diego, a su madre se le caía la casa encima.

Llevaban un mes allí y las primeras semanas las habían pasado muy entretenidas, vaciando todas las cajas de la mudanza y poniendo poco a poco el piso a su gusto. Era un apartamento algo más grande del que habían disfrutado en Granada y también más nuevo. Estaba en un bloque moderno, de apenas seis alturas, y su casa estaba en el quinto, por lo que tenían unas vistas agradables del barrio.

Vera era muy consciente de lo que habían ganado con aquella mudanza tan precipitada. La casa en general era más grande y luminosa, todo era nuevo y de proporciones agradables, pero lo que más apreciaba Vera era su nuevo dormitorio. Tenía más espacio que nunca, un escritorio enorme para estudiar y dibujar y una cama nueva de 135 centímetros en vez de aquella de 90 que llevaba acompañándola toda la vida. Ya solo faltaba instalar su futuro ordenador nuevo para tener todo lo que necesitaba.

Sin embargo, no le quedaba otra que seguir esperando. Diego le había dado vía libre para utilizar su portátil para lo que necesitase y, aunque aquello solucionaba todos los problemas relacionados con el instituto, no soportaría *Reinos de Alanar* por más que le diera permiso para instalarlo.

Y lo echaba muchísimo de menos. A Sandalveth, a sus momentos de desconectar del mundo... a Efarin.

Trató de no pensar en ello. Dejó la taza en la pila y abandonó la cocina dispuesta a prepararse y centrarse en el día que tenía por delante, aunque no terminase de controlar los nervios. No tenía muy claro qué ponerse, quería causar buena impresión a sus nuevos compañeros de clase, pero no sabía cuál era esa impresión exactamente.

Se puso unos vaqueros oscuros y *skinny* que remarcaban sus anchas caderas; eran de cintura lo suficientemente alta como para taparle la barriga, que siempre le había acomplejado. Aún en sujetador abrió el cajón de las camisetas de manga corta —de las que tenía una grandísima colección—, y dudo cuál sería mejor para el primer día. Terminó por elegir una de color azul claro que era de Disney, pero lo suficientemente sutil como para pasar desapercibida; en ella aparecía la frase «*Let it go*» junto con algunos copos de nieve. Se la acomodó metiendo la parte baja de la camiseta dentro de la cintura del pantalón y ahuecándola. Por último, se puso sus fieles Converse negras y al mirarse al espejo se sintió cómoda en su piel.

Se dejó el pelo suelto, rizado como lo tenía, y dudó si maquillarse. Lo cierto era que no solía emplearlo, salvo en contadas ocasiones —y ni en esos momentos era capaz de verse cómoda con algo más que el *eyeliner* o los labios pintados—, así que decidió ir con la cara lavada.

«Así, más yo», pensó mirándose en el espejo desde todos los ángulos posibles.

Metió un estuche y la carpeta de folios que había preparado la noche anterior en una bandolera de color negro que llevaba en su familia más tiempo del que recordaba y que suponía que era de cuando su hermano estudiaba. Cogió su chaqueta vaquera y fue a despedirse de su madre.

—Deséame suerte —le dijo asomándose a la cocina.

—No la necesitas —respondió la mujer mirándola por encima del ordenador con una sonrisa.

Aquel gesto de confianza hizo que Vera le sonriera y saliera de casa con fuerzas renovadas.

La escuela de arte le quedaba a quince minutos andando, así que no tardó en ponerse sus auriculares y conectarlos al *smartphone* para amenizar el paseo que tenía por delante hasta llegar allí. La escuela era un edificio moderno en el centro de Guadalajara, cerca de zonas ajardinadas. Tenía una fachada orgánica e irregular, mitad hormigón mitad relucientes cristaleras y, según Vera fue aproximándose, la zona empezaba a estar llena de actividad. Había bastante gente en las cercanías, la mayoría jóvenes, aunque algunos bastante más mayores que ella, tal vez de los Grados Superiores. Vio algunos reencuentros de compañeros que volvían a verse después de las vacaciones de verano y una sensación de nostalgia la invadió repentinamente. No pudo evitar pensar en sus amigas, que lo más posible era que estuvieran como ella, a punto de empezar las clases en el instituto del barrio. No lo sabía, lo cierto era que, salvo por las redes sociales, apenas había tenido noticias de ellas.

Trató de mostrarse resuelta y segura de sí misma, aunque la verdad era que no tenía muy claro a dónde ir. Entró en el edificio y se encontró la sorpresa de que por dentro también tenía ese aspecto moderno, industrial. Y estaba lleno de obras de arte. Observó a su alrededor asombrada. Había paneles llenos de cuadros e ilustraciones de todo tipo y también algunas peanas en las que se mostraban esculturas de distintos materiales, posiblemente hechas por alumnos del centro. Se dio cuenta de que había gente arremolinándose frente a un cartel y aguardó pacientemente a que la situación se descongestionase un poco antes de acercarse. Tenía muchas cosas que admirar, aunque podría hacerlo más tarde.

Todos los días, en realidad.

Aún no terminaba de hacerse a la idea de que aquel sitio sería su «nueva casa». Al menos durante los dos próximos años.

Cuando pudo echarle un vistazo al cartel, comprendió que los de 1.º de Bachillerato debían dirigirse al aula 215 o a la 216 para su correspondiente presentación. Ni corta ni perezosa empezó a subir las escaleras que guiaban a las plantas superiores del edificio. Le tocó buscar su nombre en una lista bajo el número de la clase y averiguó que a partir de ahora estaría en la clase B.

Se quedó en el pasillo, allí cerca. No era la única que ya había llegado y aguardaba. Otros tres chicos parecía que se conocían de antes, porque hablaban animados entre ellos, y un cuarto estaba junto a una ventana mirando hacia afuera. Otro par de chicas pululaban por el pasillo y una más se había separado un poco de la puerta para no molestar y miraba la pantalla de su teléfono móvil. Decidió imitarla, acercándose a los ventanales para observar hacia afuera, aunque no tardó en bucear en las redes sociales.

Minutos después, el sonido del timbre hizo que levantara la cabeza y se diera cuenta de que el pasillo junto a las dos aulas de primero estaba ya repleto de quienes serían sus compañeros de clase. Había bastante actividad y también personas de todos los estilos posibles. Había gente con rastas, gente con el pelo de colores chillones, incluso un par de góticos. Sonrió para sí misma, dándose cuenta del sustancial cambio en la expresión de la gente entre aquel sitio y donde había estudiado en Granada. No sabía si se debía a que su instituto de toda la vida era más conservador o a que, sencillamente, allí todos eran nuevos y sorprendentes para ella.

Una mujer bajita y menuda con el pelo muy corto y completamente gris avanzó entre todos los presentes en dirección a la puerta. Se volvió hacia el pasillo y alzó la voz sin llegar a gritar; una voz clara y dulce, pero con tono autoritario que hizo que todos le prestasen atención.

—Primero B —llamó—. Id pasando, por favor, enseguida empezaremos con la presentación del curso.

Sus compañeros comenzaron a entrar y Vera, que por llegar pronto no estaba demasiado lejos de la puerta, fue de las primeras en pasar al otro lado. El aula era muy amplia, repleta de mesas altas y de color verde; en vez de sillas comunes, junto a cada una de ellas había un taburete.

Pasó hacia el final de la clase y eligió un asiento junto a la ventana sin pensarlo mucho. Estaba preguntándose dónde dejar la chaqueta al tener un taburete sin respaldo cuando oyó una voz a su lado.

—¿Está libre?

Vera alzó la mirada hacia su interlocutor. Una chica algo más baja que ella, de cara redondeada y de grandes ojos negros. Llevaba el pelo por debajo los hombros teñido de un llamativo color turquesa. Y le dedicaba una sonrisa.

—Sí, claro, siéntate —respondió.

—Me llamo Alma —se presentó la chica.

Ocupó el taburete y extendió la mano hacia ella, lo que hizo que Vera se diera cuenta de que tenía las uñas pintadas de al menos tres colores distintos.

—Vera —respondió ella estrechando su mano y devolviéndole la sonrisa.

Al final optó por colocar la chaqueta vaquera en la bandeja que había debajo de la amplísima mesa y dejar la bandolera colgando de un gancho en el lateral. Sacó el estuche y la carpeta y, al mirar de soslayo, vio que Alma hacía exactamente lo mismo. Entonces se fijó en algo más: el estuche que llevaba su compañera era de color degradado, entre azul y morado, y en él podía ver unos dibujos en acuarela de dos hermanas que conocía demasiado bien.

—Eh, a mí también me gusta *Frozen* —comentó.

—¿Sí? Es un peliculón.

Vera asintió y se giró hacia ella para enseñarle la camiseta que llevaba, lo que hizo que la sonrisa de su compañera se ampliase aún más.

—¿Te gustó más la uno o la dos? —preguntó Vera viendo una oportunidad de hacer una primera amiga.

—No podría elegir, pero las canciones de las dos son brutales.

—Me encanta *Show Yourself* —dijo Vera.

—Es chulísima, ¿y *The Next Right Thing*?

—Buenísima, sobre todo la versión original, que...

—¡Chicos! —La voz de aquella mujer menuda que les había abierto la puerta volvió a alzarse sobre el murmullo general—. Ya que estamos todos, vamos a empezar. Me llamo Inmaculada, aunque podéis llamarme Inma. Soy la profesora de Dibujo Artístico, pero además de eso seré vuestra tutora este curso. ¿Os parece que empiece pasando lista?

Empezó a recitar nombres, uno detrás de otro, y Vera aguardó a su turno mientras sacaba algunos folios de su carpeta.

Ahí empezaba su nueva vida y, después de aquella breve conversación con Alma, algo le decía que le gustaría lo que iba a encontrar en ella.

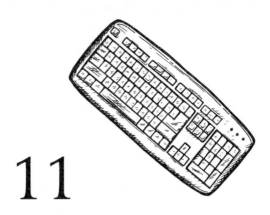

11

Las semanas pasaron casi sin notarse y, antes de que Vera se diera cuenta, estaba metida en un nuevo y frenético modo de vida. Las clases le encantaban —aunque seguía teniendo el Inglés tremendamente atravesado— y también estaba bastante cómoda con sus nuevos compañeros y el ambiente que había entre ellos.

Se llevaba bien con todos, aunque solo se atrevía a considerar su amiga a Alma, aquella chica que se había sentado a su lado el primer día. Desde entonces habían cogido la costumbre de ocupar pupitre juntas en cada nueva aula y poco a poco habían ido intimando hasta hacerse inseparables.

En aquel primer mes de clase habían llegado a conocerse muy bien. Compartían muchísimos gustos, tanto acerca de series o películas como de música, libros y videojuegos. Vera descubrió que ella también había llegado a jugar a *Reinos de Alanar*, años atrás, pero que lo había dejado porque no terminaba de gustarle. Ella prefería más otro tipo de juego, del estilo de los *shooters* o los de terror y sobresaltos que Vera no soportaba.

Enseguida se dio cuenta de que le costaba muchísimo menos hacer planes con ella de lo que le había costado con sus amigas de Granada en los últimos tiempos. Era agradable estar junto a alguien como Efarin, con quien pudiera hablar de cualquier cosa y ser ella misma sin tener que ocultarse o sentir que era un bicho raro. Habían pasado muchas tardes y noches de sábado juntas, bien en casa de una, bien en casa de la otra, y cuanto más tiempo pasaban juntas más se daba cuenta de que conocer a alguien como Alma era precisamente lo que llevaba años necesitando. Le gustabaa poder contarle sus temores y preocupaciones y también escuchar los suyos y animarla cuando lo necesitaba. Seguía echando de menos Reinos, pero Alma había conseguido que se sintiese menos sola.

Descubrió que su amiga tenía una obsesión similar a la que tenía ella con su videojuego, solo que lo que le fascinaba era todo lo relacionado con Japón. Le brillaban los ojos cuando le hablaba de esas cosas que la enamoraban y Vera siempre estaba dispuesta a escucharla y aprender, del mismo modo que Alma la había escuchado a ella cada vez que le contaba las mil batallitas que había vivido a lo largo y ancho del mundo de Alanar. Alma se autodenominaba a sí misma *otaku*, y Vera aprendió que aquella palabra no era despectiva, sino que simplemente englobaba toda una afición que ella solo conocía de refilón. Le enseñó muchísimas cosas acerca de esa cultura que a ella nunca le había llamado demasiado la atención. Descubrió que había *animes* que merecían muchísimo la pena y aprendió a diferenciar los *shonen* de los *shojo,* y también que existían más categorías de las que se sentía capaz de aprender. Su amiga le recomendó una lista que parecía interminable de series, incluso vieron algunas juntas.

Aquella noche el plan era ese. Era viernes y se habían reunido en la casa de Vera, ya que tanto su madre como su hermano trabajaban y podrían estar solas. La idea era avanzar algo de un trabajo en grupo que tenían que hacer en Cultura Audiovisual, pero después pensaban ver el siguiente *anime* de la lista de recomendaciones de Alma y que era uno de sus favoritos de todos los tiempos, *Lucky Star*.

Cuando su madre regresó a casa de la cafetería en la que había conseguido trabajo, eran más de las siete de la tarde. Las encontró en la mesa del salón, con todo un despliegue de folios, aunque Vera se afanaba frente al ordenador de su hermano.

—¡Buenas tardes, chicas! —las saludó.

—¡Buenas tardes! —respondieron las dos al unísono.

La mujer fue al salón a dejar su abrigo en el perchero que había en un rincón y observó lo que andaban haciendo.

—¿Tenéis mucho lío?

—El normal —bromeó Alma, que estaba buscando algo entre todos los apuntes.

—Al menos todavía tenemos unas semanas para entregarlo —explicó Vera—. ¿Tú qué tal el día, mamá?

—Agotador —confesó la mujer—. ¿Os apetece que pidamos unas *pizzas*?

—Claro —aceptó Alma—. Íbamos a quedarnos a ver una serie, así que…

Vera miró a su madre con ojos brillantes y asintió con la cabeza. Aquel tipo de gastos eran cosas que antes no podían permitirse, pero desde que había encontrado aquel trabajo y con lo bien que le iba a Diego en el hospital, su madre había soltado la mano. Incluso le había subido la paga, pues comprendía que empezaba a tener unos gastos que antes no habían contemplado.

Aun así, todavía no habían hablado del ordenador nuevo, aunque Vera tenía esperanzas de que quizá le llegase en Navidad.

—Tu hermano va a traer a alguien esta noche también —añadió su madre antes de marcharse del salón—. Así que, cuando te diga, recogéis y me ayudáis a preparar la mesa, ¿vale?

—¡Claro! —accedió Vera, aunque apartó los ojos del ordenador para mirarla—. ¿A quién va a traer Diego?

Su madre se encogió de hombros, pero le dedicó una mirada pícara que hizo que Vera la entendiese sin necesidad de palabras. Cuando la mujer se marchó en dirección a su dormitorio, dejándolas de nuevo a solas, le susurró su teoría a Alma.

—Creemos que Diego tiene novio. Lleva más de un mes quedando siempre con el mismo chico y ha empezado a no dormir en casa.

—Uy, pues seguro —respondió su amiga.

—Siempre ha sido muy reservado, así que si nos lo va a presentar es que va en serio —explicó—. Y creo que a mi madre le hace casi más ilusión que a él.

Alma se echó a reír en voz baja y Vera se rio con ella.

—Pues me da envidia —admitió Alma, finalmente, cuando las dos recuperaron la compostura y Vera volvió a teclear algo en el ordenador.

—¿Tú también quieres un novio? —bromeó mirándola de reojo.

—Tonta. —Alma le dio un codazo—. En mi casa no son tan tolerantes; no creo que me atreviera a salir del armario si yo me echase novia. Alguna vez he intentado hablar del tema con mi madre, pero siempre me suelta eso de «los bisexuales son unos viciosos» y no me atrevo a decírselo.

Vera la miró comprendiendo que quizá estuviera pidiéndole consejo.

—Yo creo que aquí nunca lo hemos hablado. O sea, mi hermano nunca nos ha dicho «soy gay», pero creo que es algo que sabíamos todos en casa, incluso antes de que él lo asimilara. Y cuando se dio cuenta de que lo sabíamos y lo normalizábamos... fue natural.

—Claro, no se ha enfrentado a conversaciones incómodas. Qué envidia.

—No lo sé, la verdad —murmuró Vera pensativa—. Ahora que lo dices, igual Diego se ralla más de lo que creemos. Me gustaría que se hubiera atrevido a decírnoslo así, con la misma tranquilidad con la que lo dices tú.

—Es posible que se coma la cabeza —concedió Alma—. Al final todos lo hacemos, ¿no?

Vera torció el gesto y dejó la mirada perdida en el documento que estaba escribiendo, consciente de que había perdido el hilo de lo que estaba intentando redactar. Guardó el archivo y después miró a Alma, que la observaba como si esperase a algo.

—¿Qué? —preguntó—. Yo la verdad es que nunca me he planteado estas cosas, nunca he tenido pareja. Así, a secas.

—No hace falta tener pareja para ser hetero, o bi, o lo que sea —dijo Alma mirándola con una sonrisa—. ¿Nunca has tenido un *crush*?

—¿Con actores o personas reales? —preguntó Vera.

—Ambos me valen.

Vera frunció el ceño y apoyó el codo en la mesa antes de dejar caer su mejilla sobre la palma de la mano.

—Pues no lo sé —reflexionó—. Admiro a algunos actores y también a algunas actrices, pero no sé si eso indica nada.

—¿Eres más de Tom Holland o de Zendaya?

La pregunta de Alma la pilló por sorpresa y Vera abrió la boca para contestar, pero no encontró qué decir o, mejor dicho, cómo explicar lo que le pasaba por la cabeza. Le gustaban ambos y disfrutaba muchísimo todas sus películas —de hecho, le encantaba el *Spiderman* de Tom Holland, desde su punto de vista el mejor de todos los que existían—, pero no sabía si le atraían del modo que Alma le sugería.

—No te ralles —añadió Alma—. No quería incomodarte.

—No me incomodas —la tranquilizó Vera—. Es que no sé qué decirte, nunca me lo había planteado.

—Eh, igual eres asexual —sugirió Alma—. Al final el colectivo LGTB es muy amplio y hay orientaciones de las que, por desgracia, no se habla tanto.

—Bueno, no lo sé. Sí que he tenido *crush* en algún chico de mi clase, allá en Granada —explicó Vera razonando—. Aunque la verdad es que nunca he sentido la necesidad que tenían mis amigas de buscar pareja o de salir por la noche a ligar porque sí. Siempre pensé que quizá me faltaba madurar un poco para pensar en esas cosas. ¿Sabes? Que ya me llegaría el momento.

Terminó sus palabras con una risa nerviosa.

—No tiene porqué. —Alma le sonreía—. Mi prima me explicó una vez que ella se consideraba demisexual, puede que la etiqueta se ajuste a ti también.

—¿Y eso qué es?

En esta ocasión fue el turno de Alma de quedarse con la boca abierta, pero tras un instante agarró su *smartphone* y tecleó algo con agilidad.

—Te leo, según Wikipedia: «demisexual es una persona que no experimenta una atracción sexual primaria. Experimentan una atracción sexual secundaria, después de saber mucho más sobre la otra persona que su apariencia. Necesitan forjar un vínculo con otra persona antes de que la atracción sexual pueda manifestarse».

—Pero eso no tiene nada que ver con si te gustan chicos o chicas, ¿no? —aventuró Vera algo confusa.

—Hm…

Alma seguía tecleando algo en su teléfono y Vera no la interrumpió, aunque no dejó de pensar en aquella definición que acababa de leerle. Tal vez su amiga tuviera razón y ella fuese demisexual, solo que aún no hubiera encontrado a aquella persona que le inspirase aquella «atracción secundaria». Trató de pensar en su último *crush* del instituto y se dio cuenta de que era un chico que conocía de toda la vida, porque prácticamente habían crecido juntos.

«Y a Efarin también lo conoces muy bien», le dijo una vocecilla en algún rincón de su mente. Frunció el ceño ante aquel pensamiento intrusivo. ¿Tenía un *crush* en Efarin? Se encontró sorprendida de su propio pensamiento, pero sobre todo de ser consciente de que su corazón le había dado un vuelco al plantearse esa posibilidad. Era cierto que apreciaba a su amigo virtual, que pensaba muchísimo en él y sus momentos juntos y que era muy importante para ella, pero tanto como tener un *crush*... Le era difícil pensar en ello, sobre todo después de llevar cuatro meses sin saber nada de él. Una vez más maldijo haber perdido el contacto junto con su acceso a *Reinos de Alanar*.

—Según esto, la sexualidad va al margen de la atracción romántica —explicó Alma, que seguía leyendo algo en su teléfono móvil mientras jugueteaba con un mechón de su cabello turquesa entre los dedos—. Se puede ser demisexual heterorromántico, homorromántico o birromántico.

—Qué movida —dijo Vera sorprendida.

—Ahora tengo la necesidad de volver a hablar con mi prima —añadió Alma echándose a reír—. Creo que ella tiene más estudiadas todas estas cosas.

—Yo nunca me lo había planteado —admitió Vera.

—No te ralles, al final pasamos toda la vida conociéndonos a nosotros mismos y estos temas siempre son muy complejos.

Vera sonrió y Alma volvió a centrar su mirada en el teléfono, parecía que buscaba algo más y Vera decidió no interrumpirla. Releyó lo último que estaba redactando y trató de volver a centrar sus pensamientos en el trabajo. Entonces su madre volvió a aparecer por el comedor.

—Id terminando, chicas —les dijo—. Tanto Diego como las *pizzas* deben estar a punto de llegar.

—Vale, ya vamos —respondió Vera.

Alma también abandonó lo que estaba haciendo y entre las dos recogieron todos los papeles que habían dejado desperdigados por la mesa. Vera subió lo que habían avanzado del trabajo a una carpeta en la nube que las dos compartían, por si la siguiente sesión de trabajo la hacían en casa de su amiga, y apagó el ordenador.

No tardaron en preparar la mesa también y en llevar dos sillas de la cocina al comedor para los invitados. Después se sentaron las tres en los sofás del salón a ver la película que echaban en la televisión mientras aguardaban el resultado de esa carrera por ver quién llegaba antes y que finalmente ganó el pizzero. De ese modo, Alma y Vera se encontraron esperando a que llegara Diego mientras se les hacía la boca agua por el agradable aroma que había llenado el salón.

Vera apenas hacía caso a la televisión, estaba junto a su amiga mientras las dos buceaban en sus respectivas redes sociales y se enseñaban cosas graciosas que encontraban una a la otra.

—Eh, dentro de dos semanas es la Japan Weekend de Madrid —dijo entonces Alma con un tono que mezclaba ilusión y sorpresa.

—¿Vas a ir? —le preguntó curiosa.

Aunque ella había ido en una ocasión a un Salón del Cómic con sus amigas, allá en Granada, suponía que uno de esos eventos en Madrid sería mucho, mucho más chulo.

—He ido otros años, pero no sé si le apetecerá a alguien más y paso de ir sola —explicó Alma—. ¿Y tú? ¿Te apuntarías?

—Pues… —no respondió enseguida, solo miró de reojo a su madre. Parecía que la mujer no la escuchaba, que estaba concentrada en la televisión—. Mamá, ¿me dejarías ir?

La mujer se volvió para mirarla como si acabara de reconectar con el mundo real.

—¿Qué? ¿A dónde?

—A la Japan Weekend de Madrid —respondió Alma por ella—. Es dentro de quince días.

—¿Y de qué va eso? —preguntó la mujer.

—Es una feria —explicó Vera—. Como el Salón del Cómic de Granada.

—Pero más grande —añadió Alma.

—¿Y vais a dormir fuera de casa? ¿En Madrid? —El tono de voz que utilizó su madre en aquellas preguntas indicó a Vera que no parecía nada convencida del asunto; sin embargo, Alma parecía más resuelta que nunca.

—Qué va, las veces que yo he ido he utilizado el cercanías; nos deja directamente en IFEMA —le dijo—. Pasaríamos el día allí y volveríamos. Eso sí, hay que mirar qué día nos interesan más las actividades, a mí me encanta ver el concurso de *cosplay*.

—Espera, que no ha dicho que sí —la frenó Vera con un gesto.

Su madre soltó una suave risa al ver el apuro de su hija.

—Haz lo que quieras —zanjó—. Mientras estés en casa a las once y tengas cuidado.

—¿En serio? —preguntó Vera sorprendida.

La mujer se encogió de hombros.

—¿Por qué no?

Vera y Alma cruzaron una mirada ilusionada, aunque Vera aún no terminaba de creerse su suerte.

Pasaron el resto de la espera ojeando los programas de actividades de la Japan Weekend y Vera se sorprendió de la cantidad de actividades que había, así como de estands comerciales. Hasta había un mapa que explicaba cada uno de los pabellones de IFEMA. Había exposiciones, pero también sitios para comer, y Vera adivinó que gastaría prácticamente todos sus ahorros en aquel viaje.

«Merecerá la pena», se dijo mientras escuchaba a Alma parlotear ilusionada.

Acababan de decidir que el mejor día para ir sería el sábado cuando Diego llegó a casa y por fin vieron a su invitado especial. Se llamaba Ismael y era un chico algo más bajo que él, de cabello castaño y ojos verdes que ocultaba detrás de unas gafas redondeadas.

Ambos parecían nerviosos cuando Diego hizo las presentaciones oportunas, y Vera comprendió que la teoría que tenían su madre y ella era cierta: aquel chico era el novio de Diego. Tal vez ambos planeasen decírselo aquella noche, pero, si no estaban preparados, no serían ellas las que les forzarían a salir del armario.

No tardaron nada en sentarse los cinco alrededor de la mesa y atacar las *pizzas* que ya llevaban un rato esperando ser comidas.

12

El viaje a Madrid fue especialmente emocionante para Vera. Aunque tenía muy claro que Alma estaba acostumbrada a ser más independiente, ella era la primera vez que cogía un tren sola.

La primera vez que había vuelto a Granada para ir con su padre a Bubión, Diego había decidido acompañarla. Sabía que tendría que familiarizarse con ese método de transporte, pero mentiría si no decía que se sentía mejor al saber que Alma iba con ella y que ya había hecho más veces ese trayecto.

También se sentía especialmente nerviosa por el día que tenían por delante, aunque sobre todo estaba muy contenta. Era la primera vez que iba a pasar el día a Madrid y, aunque sabía que no saldrían de IFEMA, estaba tan feliz que no había podido evitar colgar algunas fotos en las redes sociales de su «Viaje a Madrid».

Se había alisado el cabello con esmero y también se había aplicado el *eyeliner*, como cada vez que intentaba arreglarse, aunque fuera un poco. Había elegido sus vaqueros más cómodos, de color negro, los cuales había acompañado con sus Converse de siempre. En esa ocasión había elegido su *crop top* favorito, de color blanco y tela rallada. Alma le había aconsejado llevar mochila en vez de bolso para poder guardar las cosas que compraran y, aunque Vera no tenía claro que fuera a comprar nada —ya se había gastado la mayor parte de su presupuesto en la entrada—, había hecho caso a su amiga y llevaba la bandolera que usaba para clase en vez del bolsito de cuero que solía utilizar para salir y en el que apenas le entraban la cartera y el móvil juntos.

Alma vestía unos pantalones vaqueros acampanados y una camiseta de un *anime* que ella no conocía y que, según le había explicado, era *Evangelion*, otro de los grandes clásicos.

Vera había bromeado al respecto, consciente de que se pasaría el día preguntándole acerca de cada *cosplay* que vieran o cada referencia que no terminara de entender. Alma se había echado a reír y le había dicho que no se preocupara, que solo esperaba que la experiencia en la Japan la hiciera picarse a ver más series porque deseaba tener por fin alguien con quien comentarlas.

Lo que más ilusión le hacía a Vera de todas las actividades ocurría a media mañana. *Reinos de Alanar* había patrocinado la *Japan Weekend* organizando un lugar donde todo el mundo podría probar el juego con las nuevas herramientas de realidad virtual. No solo estaba deseando volver a encarnar la piel de Sandalveth, sino hacerlo empuñando el hacha de guerra y con aquellas gafas de realidad aumentada que harían que pareciera de verdad que estaba en algún lugar de Reinos. Además, después de enterarse de que esa actividad existía, tenía clarísimo que una de las primeras cosas que haría —si no lo pillaba conectado— sería enviarle un mensaje a Efarin con su usuario en las redes sociales explicándole lo que le había pasado a su ordenador y diciéndole lo mucho que extrañaba hablar con él.

Alma le había dejado claro que no era que le hiciera especial ilusión esa actividad, pero que iría con ella a cambio de que ella la acompañase después a la charla que daba uno de sus *mangakas* favoritos.

Lo primero que hicieron fue reconocer el lugar para saber dónde estaba cada cosa y acercarse a los estands comerciales a echar un vistazo. Al principio, Vera se sintió abrumada por la multitud, a veces tan numerosa que casi no podían ni acercarse a ver los puestos. Allí había mucha, mucha más gente que en el Salón del Cómic al que había ido en Granada y el murmullo que ocasionaban en los pabellones era constante.

Alma se emocionaba con todo, desde la música que sonaba hasta los elementos de coleccionista que vendían las tiendas y que eran absurdamente caros. Pero lo que más le gustaba era ver a la gente de *cosplay*. Vera perdió la cuenta de todas las personas a las que se habían acercado solo porque su amiga quería una foto junto a ellas. Así descubrió que aquella era otra de sus pasiones ocultas y rato después le confesó que le encantaría disfrazarse alguna vez, solo que temía no hacerlo bien. Vera enseguida entendió a qué se refería. Había personas que se curraban muchísimo los disfraces y que resultaban impresionantes, pero había otros muchos que eran más de andar por casa, con esas pelucas sacadas de tiendas de carnaval y disfraces poco más que improvisados.

—Si alguna vez lo hago, quiero hacerlo bien —le dijo su amiga—. Presentándome al concurso y todo el completo.

Vera le prometió que, si en alguna ocasión se animaba, ella estaría encantada de ser su fotógrafa particular. De ese modo sellaron una especie de pacto, aunque Vera no terminó de comprender por qué, entre risas, Alma le había dicho: «Serás mi Tomoyo».

Media hora antes de que comenzase la actividad de *Reinos de Alanar*, Vera casi obligó a Alma a que se acercaran al pabellón de videojuegos y cuál fue su sorpresa cuando se dieron cuenta de que, junto a la zona acotada, ya había una cola considerable. Los monitores, que más bien eran televisores de pantalla plana, estaban colocados en línea para que la gente del pabellón pudiera ver lo mismo que aquel que llevase las gafas puestas. Había una zona bastante amplia frente a cada uno de ellos con suelo acolchado y unos expositores con las armas de realidad virtual que solo había visto por internet. Se sumaron a la cola, aunque Alma no pudo evitar soltar un silbido de admiración.

—Guau, no me esperaba este éxito.

—Te lo dije, Reinos mueve mucha más gente de la que tú crees —respondió Vera—. Si llegamos a venir puntuales, seguro que nos quedamos sin probarlo.

—Pues seguro.

—Además, es que le han dado mucho bombo a lo de la realidad virtual. Tiene que ser una pasada.

—Sí, tiene que estar chulo, pero...

—Tía, si no te apetece quedarte, puedes ir a otra cosa y luego nos juntamos.

—Que no, que no —la tranquilizó Alma—. Además, me dijiste que sortearían un *pack* entre todos los que participaran, ¿no? Si yo también lo pruebo, tienes el doble de oportunidades.

—Eso es verdad —concedió Vera—. Aunque no creo yo que nos toque. Sería demasiada suerte.

—Eh, a alguien le tiene que tocar, ¿no?

Vera hizo un gesto de duda con la cabeza. En eso tenía razón, pero el evento duraba dos horas y seguro que acudiría muchísima gente a probarlo. Las probabilidades que había de que les tocase el único set que se sorteaba de realidad virtual y arma adaptada a *Reinos de Alanar* era tan diminuta que prefería no hacerse ilusiones.

Además, con probar las gafas y volver a ver a Sandalveth casi que se conformaba.

Aguardaron a que llegara el momento de jugar tratando de decidir dónde querrían comer, y Vera le dejó claro a su amiga que, aunque no le importaba probar cosas nuevas, prefería tirar a lo barato. No estaba ella dispuesta a dejarse una pasta en una bandeja de *sushi* cuando una hamburguesa valdría como cinco euros.

En cuanto el evento comenzó, Vera se dio cuenta de que la llenaba de ilusión probar aquella novedad del que sentía que era «su» juego de toda la vida, aunque también la comía la nostalgia por llevar tanto tiempo sin jugar. La cola transcurría al lado de las enormes pantallas planas y, según la gente comenzaba a probar las gafas de realidad virtual, empezaba a distinguir lugares que le eran tremendamente familiares. Recordó paisajes que llevaba meses sin ver y también personajes y habilidades que le traían buenos recuerdos. La espera se les hizo algo más amena, sobre todo porque Vera pasó el rato explicándole a su amiga cada cosa que aparecía en las pantallas.

Cuando les llegó su turno, las hicieron pasar hasta el fondo y se colocaron en la última pantalla junto a un grupo de cuatro chicos que habían entrado antes que ellas.

Lo primero que hizo la chica que se encargaría de guiarlas en su experiencia virtual fue darles dos números para el sorteo y Vera los guardó en el bolsillo del pantalón casi sin mirar las papeletas, pues estaba ansiosa por probar el juego adaptado.

—¿Tenéis cuenta en *Reinos de Alanar*? —les preguntó.

—Yo sí, ella no —respondió Vera automáticamente.

—¿Y qué personaje utilizas?

La chica se volvió hacia un expositor en el que estaban organizadas todas las armas que harían las veces de mando en aquella aventura. Vera no dudó ni un instante en responder.

—Llevo una guerrera, con hacha de dos manos.

La chica asintió con la cabeza y sacó el hacha del expositor. Antes de tendérsela a Vera, le pidió que se identificase en el ordenador para que su cuenta se fuera abriendo. Casi se emocionó al volver a ver a Sandalveth después de tantos meses sin jugar.

—Vale, ponte los guantes y después te ajusto las gafas —explicó la chica tendiéndole a Vera aquellos guantes de material blanco holográfico que se le antojaban suaves pero que en la realidad eran más bien rígidos—. ¿Has probado la realidad virtual alguna vez?

—La verdad es que no —confesó Vera.

—Vale, no te preocupes, te va a encantar. —La chica se acercó hacia ella y le puso las gafas sobre la cabeza, pero Vera se dio cuenta de que estaban apagadas, veía todo negro—. Hay gente que se marea; si te encuentras mal, dímelo y paramos la simulación.

—Vale.

—¿Te imaginas que te mareas ahora, Vera? —se rio Alma.

—No me seas gafe —protestó la joven.

—Vale, empezaré a contar cinco minutos a partir de que cargue la pantalla, ¿estás lista?

—Sí.

Vera nunca había estado más lista para algo. Entonces le encendieron las gafas de realidad virtual y la familiar banda sonora de *Reinos de Alanar* lo llenó todo, tan alta que dejó de escuchar el continuo murmullo del pabellón. Aun así, lo más impresionante no era el sonido de alta calidad, sino que al abrir los ojos se había encontrado sobrevolando las cimas y colinas de Alanar, en aquella cinemática que había visto más veces de las que podía contar.

El juego se mostró ante ella poco después y la cámara, detrás de la nuca de su bárbara, le daba la sensación de estar a su lado, de casi ser capaz de tocarla si alargaba la mano. Sin embargo, al estirar el brazo, la que replicó el movimiento fue Sandalveth. Repentinamente la cámara cambió de ángulo hasta mostrar la visión en primera persona y Vera extendió las manos ante su cara, pero las que vio fueron las manos rudas y tatuadas de su bárbara. Entonces la guía puso el hacha entre sus manos y Vera comprendió que había estado configurando algo.

Se aferró a aquella empuñadura y Sandalveth sacó el hacha también y la mantuvo en el mismo ángulo en que la sostenía ella. Se atrevió a balancearla suavemente y Sandalveth hizo exactamente lo mismo y al mismo tiempo. Era una sensación extrañísima.

Por suerte, en una esquina de su visión apareció una ventana de tutorial, que le indicaba que para caminar debía pulsar las yemas de los dedos de su mano izquierda con el pulgar. Obedeció, titubeante, mientras volvía la cabeza en todas direcciones girando incluso sobre sí misma para hacerse una idea de dónde estaba. Justo en aquel lugar donde se había desconectado la última vez, en pleno País de los Elfos.

—Qué pasada —dijo, aunque con el volumen tan alto de la música ambiental sonando en sus oídos ni siquiera fue capaz de oírse.

Echó a correr con cierta torpeza, sin saber controlar del todo aquel método de movimiento, pero deseando adentrarse en el bosque. Se lanzó contra el primer enemigo que vio: un elemental de fuego que era al menos dos metros más alto que ella. Tuvo que levantar la mirada para abarcarlo, como si realmente la criatura existiera y fuera a enfrentarse con ella. Alzó el hacha y antes de dejar que el tutorial le explicase cómo lanzar sus habilidades, arremetió contra la criatura.

La pelea fue breve y más intensa de lo que había esperado. Encarnar a Sandalveth en primera persona era aún mejor de lo que había esperado. Oía gruñir a su guerrera y también sentía los golpes que recibía en la vibración de los guantes, incluso en los impactos que transmitía en el hacha. Era una auténtica pasada.

Se le hizo insultantemente corto, tanto que casi se asustó cuando sintió una mano en su antebrazo y cómo la guía le quitaba el hacha de las manos. Dejó que le retirase las gafas y empezó a quitarse los guantes.

Cuando volvió a ver su realidad, parpadeó un par de veces y experimentó una extraña sensación en el estómago.

—Te he grabado un vídeo —le dijo Alma—. Estabas graciosísima.

—Es chulísimo —respondió muy sonriente—. Eso sí, se me ha hecho muy corto.

—Ojalá pudiéramos dejaros más tiempo —comentó la guía—. Pero me temo que hay demasiada gente.

Vera no fue capaz de decir nada más, aún extasiada por lo que acababa de vivir. Le tendió los guantes a su amiga directamente y se apartó del centro del espacio acomodándose el pelo y dejándola acercarse a la guía que ya estaba explicándole rápidamente las nociones del juego y también que le dejaría un personaje predeterminado de la clase que le apeteciera más probar.

Sacó el móvil dispuesta a grabar a su amiga en aquella experiencia y aguardó a que la aventura empezase. Alma había elegido encarnar a una cazadora y la guía estaba configurando aquel arco inmaculadamente blanco para que pudiera utilizarlo. El personaje predeterminado que le habían prestado era una elfa, pero Vera sabía que eso era lo de menos, porque Alma viviría la experiencia en primera persona.

Empezó a grabar mientras su amiga daba los primeros pasos en el juego y también cómo lanzaba algunas flechas sin objetivo claro. Se echó a reír suavemente; como había observado Alma, ver a alguien dando pasos en el sitio y moviéndose erráticamente era muy gracioso, pero ella veía la pantalla y sabía exactamente lo que su amiga estaba sintiendo, porque todavía lo tenía muy reciente.

—Eh, ¿nadie graba a Izan? Como no lo hagamos, nos deja de hablar.

Aquella frase, en labios de uno de los chicos del grupo que tenía a su lado, hizo que diera un respingo, aunque enseguida se reprendió a sí misma. ¿Cuántos Izan habría en todo el mundo? Era completamente imposible que...

Un breve vistazo a la pantalla que había al lado de la de su amiga le bastó para reconocer las habilidades de un hechicero, pese a que estaba en primera persona. Las manos que aparecían de vez en cuando en la pantalla eran de brillante color verde. No podía ser posible, ¿verdad?

Sintió que palidecía, que dejaba de respirar solo de valorar aquella opción. Tuvo que dejar de grabar, pues era incapaz de centrarse en lo que hacía su amiga, tan solo podía fijarse en el chico que, a su lado, llevaba las muñequeras de lanzador de hechizos y se enfrentaba con habilidad a una bandada de arpías.

Era un chico alto, bastante más alto que ella, y en la sudadera que llevaba podía llegar a adivinar unos hombros anchos. No podía verle el rostro, cubierto por las gafas de realidad virtual, pero era rubio y tenía el pelo bastante largo, muy liso.

No podía ser que aquel muchacho fuese Izan. «Su» Izan.

Pero, ¿y si lo era?

Miró de nuevo hacia Alma deseando que su amiga terminase su simulación para compartir con ella aquel momento de colapso. Sin embargo, antes de que ella terminase, el guía que estaba con el grupo de al lado detuvo el juego de aquel chico rubio. Le quitó las gafas y el muchacho se giró hacia sus amigos para compartir sus impresiones sobre la experiencia mientras el guía preparaba al siguiente.

Antes de cambiar de sesión en *Reinos de Alanar*, la pantalla mostró durante un instante la imagen del último personaje que se había utilizado: un esbelto silfo de alas iridiscentes y túnica colorida llamado Efarin.

«¡Es él!», chilló algo dentro de Vera, que tuvo que contenerse para no chillar también mientras sentía que su corazón se olvidaba de cómo latir.

Volvió a fijarse en el chico que había hecho la última simulación y lo observó fijamente tratando de descubrir algo más sobre él, pero sin atreverse a acercarse. Tenía los ojos oscuros, o eso le parecía desde aquella distancia. Y su risa sonaba bonita.

Se dio cuenta de que estaba mirándolo boquiabierta en el momento en que vio cómo uno de sus amigos le daba un codazo y señalaba en su dirección. Después llegó a oír algo así como: «Esa no te quita los ojos de encima», y su mirada se clavó en ella definitivamente.

Vera quiso que se la tragara la tierra en ese momento, pero, por el contrario, una fuerza invisible la obligó a acercarse a él y a esbozar una sonrisa.

—Efarin —lo llamó y el chico la miró con cara de extrañeza—. Soy Vera.

—¿Vera? —repitió él.

Su voz era cálida, bonita, pero en aquellos momentos Vera apenas pudo pensar que le resultaba agradable. Estaba perdida en sus ojos, que no eran tan oscuros como le habían parecido, sino que eran de un profundo color azul. Tan perdida estaba en ellos que pudo ver el preciso instante en que la reconoció, porque su rostro pasó en apenas unos segundos de la extrañeza a la sorpresa y de la sorpresa a la alegría.

—¿Sanda? —preguntó, y su voz sonó una octava más aguda que en la anterior ocasión.

Ella tan solo pudo asentir con la cabeza mientras su sonrisa se ampliaba. Ambos se miraron unos instantes sin saber muy bien qué decir ni qué hacer, como si no se creyeran que realmente tenían al otro delante.

—No me lo puedo creer —acertó a murmurar Vera.

—Menuda casualidad, ¿no? —respondió Izan acercándose un poco más a ella—. ¿Cómo es posible...?

—Mira, no lo sé, pero me alegro de conocerte por fin.

—Y yo, y yo —asintió él—. Es que, ¡guau!

Vera se echó a reír, presa de los nervios, y él se rio con ella. Era incapaz de dejar de mirarlo, aunque la invadía una súbita timidez que no sabía muy bien cómo combatir.

—¿Y dónde te habías metido? —preguntó Izan entonces—. Llevo meses sin verte por Reinos, pensaba que lo habías dejado.

—¿Te acuerdas de la tostadora? —respondió mirándolo con gesto de contrariedad—. Pues al final explotó.

—Menuda putada, ¿no?

Vera solo pudo asentir, pero en aquel instante casi se sobresaltó al sentir que alguien se ponía a su lado.

—¿Tostadoras? —preguntó Alma acercándose a ellos extrañada.

Le lanzó una mirada de reproche a Vera, como si quisiera preguntarle qué demonios estaba haciendo sin pronunciar las palabras.

—¡Ay! Alma, te presento a Izan —se apresuró a decir Vera apurada—. Es un amigo mío de Reinos.

—Oh, encantada entonces —respondió Alma, visiblemente más relajada, y se acercó un paso a Izan para plantarle dos besos.

—Encantado yo también —añadió él.

En cuanto se separó de Alma, volvió a mirarla y Vera se dio cuenta de que seguía mirando a Izan anonadada, por lo que intentó controlarse a sí misma, pues se sentía un poco estúpida. Una parte de ella solo podía pensar que Alma había sido capaz de acercarse a él, incluso darle dos besos, y ella tan solo había sido capaz de balbucear.

—Tenéis que salir fuera para dejar a los siguientes —los reprendió la chica que les había hecho de guía, y Vera y Alma la miraron con disculpa.

—Ya vamos —aseguró Alma.

Vera se giró hacia Izan.

—Salimos fuera, ¿vale?

—Enseguida vamos —le aseguró él—. Espérame, por favor. No desaparezcas otra vez.

Vera captó la súplica en sus ojos azules y tan solo acertó a asentir antes de seguir a Alma para salir de la zona de la simulación.

* * *

—Tía, tía, tía —dijo Vera, una vez que Alma y ella estuvieron fuera de la zona acotada, pero lo suficientemente cerca de la salida como para vigilar si Izan y sus amigos las seguían—. ¡Qué fuerte!

—¿Qué pasa? —le preguntó Alma sin comprender por qué estaba tan alterada—. ¿No es amigo tuyo?

—¡No lo entiendes! —casi chilló Vera agitando las manos—. Es Efarin, es... mi mejor amigo de *Reinos de Alanar*, bueno de todo el mundo. ¡Pero no nos conocíamos! Solo nos juntábamos en el juego.

—Oh, dios, sí que es fuerte —comprendió Alma, y echó un vistazo nervioso hacia donde estaban los chicos.

—Es que además llevábamos todo el verano sin hablar, desde que me quedé sin ordenador. —Se pasó ambas manos por el rostro y se echó la melena negra hacia atrás, como si así pudiera calmarse—. No me lo puedo creer. ¡Es él!

Alma dio algunos saltitos en el sitio sumándose a la emoción de su amiga.

—Es que, qué fuerte —continuó Vera—. Llevo años deseando conocerle, pero no me esperaba... ¡Guau! Además, es que no me lo imaginaba así, tan alto, tan...

—¿Guapo?

—¡Tía!

—¿Qué? Está bueno, tengo ojos en la cara —protestó Alma—. Pensabas que por haberle conocido por internet iba a ser diferente, ¿eh?

—Mira, no sé lo que creía —respondió Vera—. No esperaba encontrármelo hoy, ¡así! Casi me da un infarto.

—Está a punto de darte, sí.

Vera respiró hondo, consciente de que su amiga tenía razón, que estaba demasiado alterada. Aún no entendía cómo se había atrevido a acercarse a él, pero se alegraba de haberlo hecho. Ahora tenía que controlarse o lo espantaría en cuestión de segundos.

—Qué fuerte —repitió por enésima vez, en cuanto volvió a localizarlo.

Iba parloteando con sus amigos, muy sonriente, tanto que Vera dudó de haber visto alguna vez a una persona tan contenta. Se dirigieron directamente al lugar donde Alma y ella esperaban, pero Vera ni siquiera tenía muy claro qué decir o cómo reaccionar.

—Gracias por esperarnos —dijo Izan en cuanto llegaron a su lado.

—No pensaba salir corriendo —se rio Vera—. Aunque todavía estoy flipando de que estés aquí.

—¡Y yo de que estés tú! —admitió el joven. Entonces se volvió hacia sus compañeros, que hablaban entre ellos, aunque también echaban algunas miradas a las dos chicas con las que su amigo estaba charlando—. Venid que os presente, tíos. Son Vera y Alma; Vera es Sanda, mi amiga de Reinos.

—¿Tu guerrera? —preguntó uno de ellos.

—Esa misma —asintió Vera.

—Eh, ¿ves como no se la había tragado la tierra? —añadió uno más.

Izan se volvió hacia él, ruborizado, y le dio un codazo a su amigo. Vera no pudo evitar enrojecer al ser consciente de que ellos tres sabían exactamente quién era, que Izan les había hablado de ella y de su repentina desaparición.

—Ellos son Julio, Nando y Alex —los presentó Izan señalándolos uno a uno y volviendo a dirigirse a ella, todavía algo ruborizado—. Son amigos míos de toda la vida.

—Encantada —respondió Vera y oyó que Alma, a su lado, soltaba unas palabras similares.

Izan y ella volvieron a intercambiar una mirada, pero ninguno de los dos fue capaz de decir nada. Vera se perdió en sus ojos azules, los más profundos que había visto en su vida, y se dio cuenta de que su piel pálida estaba salpicada por unas pecas graciosísimas que le daban cierto aspecto aniñado. Era él, Izan, su mejor amigo. Aún no podía creérselo. Como había observado Alma, era guapo, mucho más de lo que había esperado. Ahora que ya no llevaba las gafas de realidad virtual, podía darse cuenta de que tenía el pelo rubio más corto de lo que había pensado, aunque sí llevaba el flequillo bastante largo, tanto que si se lo echaba hacia adelante estaba segura de que le taparía los ojos, esos ojos que parecían sonreírle y no se despegaban de ella.

—¿Qué os ha parecido eso de la realidad virtual? —preguntó el que se llamaba Alex, un chico moreno, que llevaba una camiseta roja y una sudadera negra colgada al hombro.

—No ha estado mal —respondió Alma—. Tengo que admitir que no esperaba que fuera tan chulo.

—Es una pasada —añadió Vera obligándose a volver a ser un ser humano funcional—. Seguro que la zona nueva es digna de ver así.

—¿Qué parte has visto tú? —le preguntó Izan.

—Sandalveth lleva meses acampada en el Bosque de los Elfos —dijo y no pudo evitar reírse—. Apenas me ha dado tiempo a matar un par de elementales.

—Yo estaba en los Altos de las Arpías —le contó—. Ojalá hubiera estado más cerca del mar.

—Para la próxima vez —sonrió Vera.

Izan le devolvió la sonrisa y, una vez más, pareció que el tiempo se parase.

—Eh, ¿no íbamos a comer? —preguntó Nando.

—Sí, si queremos ir al *soft combat* de esta tarde más nos vale ir ya —coincidió Julio—. Suele haber bastante gente y nos tocará hacer cola.

Alex añadió algo acerca de que tenían inscripciones en no-se-qué torneo a las cinco de la tarde y que eso era antes del *soft combat*. Siguieron hablando algo más apartándose de ellas y Vera se dio cuenta de que Izan desviaba la mirada hacia ellos y que se mordía el labio inferior, como si sus amigos estuvieran contrariándole tremendamente.

Su corazón comenzó a latir con fuerza en cuanto fue consciente de que ella tampoco quería que se separaran por nada del mundo. Tenían muchas cosas de las que hablar. Además, no pensaba dejar que se despidieran sin intercambiar al menos sus redes sociales.

—Vera, yo… —empezó a decir Izan apurado—. No querría que…

—¿Os importa que comamos con vosotros? —interrumpió Alma haciendo que los dos la mirasen.

—¿Qué…? —preguntó Vera pillada fuera de juego—. Pensaba que querías ir a lo del *mangaka* ese…

—Da igual —cortó su amiga aferrándose a su brazo—. Parece que tenéis mucho de lo que hablar. De tostadoras y esas cosas.

—Claro, veníos —dijo Izan, que volvía a sonreír. Entonces se giró hacia sus amigos y se dio cuenta de que ellos ya se alejaban—. ¡Eh! ¡Esperad, cagaprisas!

Vera se echó a reír, pero oprimió el brazo de Alma, que seguía asida a ella.

—Gracias, tía —le dijo en voz baja, cuando Izan se adelantó un tanto para pillar a sus amigos y comentarles que ellas se apuntaban al plan—. Te debo una.

—Nada. No iba a dejar que te despidieras así de este bombón.

Vera soltó una suave carcajada y dio un empujón cariñoso a su amiga, mientras ambas se apresuraban a seguir a los cuatro chicos a través de la multitud que llenaba IFEMA. No podía perder de vista a Izan, que ya se había reunido con sus amigos mientras se dirigían al pabellón en que estaban todos los puestos-restaurante; casi era como si no existiera nadie más o él estuviera iluminado por un resplandeciente foco.

Su corazón latía con fuerza ante aquel cambio de planes, pero, sobre todo, estaba emocionada de poder pasar más tiempo con Izan. Efarin. Su mejor amigo.

13

Les costó conseguir mesa en el pabellón restaurante, pero lo lograron. Izan, Julio y Alex eligieron menú de la hamburguesería, mientras que Nando se perdió de vista sin explicarles a dónde iba —durante tanto rato que Vera llegó a pensar que se había perdido— para regresar con una bandeja de *sushi* y algunos *onigiris*. Alma le insistió muchísimo a Vera de que tenía que probar el *ramen* de la Japan y la joven hizo caso a su amiga, por algo tenía más experiencia que ella en estos sitios, además no era demasiado caro.

La conversación pronto fue cómoda entre los seis, muy distendida. Hablaron de muchísimas cosas relacionadas con el mundo de las series y los videojuegos y a los chicos les sorprendió descubrir que Alma era Diamante, la categoría más alta de su *shooter* favorito. Enseguida se enfrascaron en conversaciones tan específicas que Vera supo que no podría participar.

—¿No te gusta ese juego? —le preguntó Izan adivinando la verdad detrás de su expresión.

—No me van los *shooters* —respondió ella—. Mi video-juego favorito es *Reinos de Alanar*, ya lo sabes, ni que no me conocieras.

—A mí me pasa igual. Aunque la verdad es que ya no es tan divertido.

—Oh, pues la zona nueva tenía muy buena pinta —opinó Vera—. Yo tenía muchas ganas de probarla, no me esperaba que fuera aburrida.

—No es por eso —Izan no siguió hablando enseguida, pero sí clavó una vez más sus ojos en ella, tan fijamente que Vera casi se quedó sin aliento—. Alanar no es lo mismo sin Sanda, ¿sabes? Para mí, gran parte de la gracia del juego está en pasármelo bien contigo.

Vera entreabrió los labios y sintió que se sonrojaba intensamente. Aun así, no dudó en decir lo que le pasaba por la cabeza, aunque su voz sonó algo más baja.

—Yo también te he echado mucho de menos —confesó—. Me has hecho mucha falta estos meses y no tenía cómo hablar contigo.

—¿Ves? —Izan la señaló con un dedo mientras alzaba las cejas—. Tendrías que haber instalado Discord.

Aquella burla que camuflaba un reproche se disolvió un tanto en su sonrisa, pero Vera no pudo más que asentir con la cabeza, aunque sobre todo estaba agradecida al notar en su voz que la había echado de menos tanto como ella a él.

—Qué razón tenías —admitió Vera—. Vamos a corregir eso, ¿vale? Apunta mi teléfono y así podemos hablar por WhatsApp.

Izan asintió con la cabeza y ni corto ni perezoso sacó su *smartphone* del canguro de la sudadera. No tardaron nada en intercambiar sus números y en asegurarse de que, ahora sí, no volverían a perder el contacto.

—Y cuéntame, ¿qué haces por Madrid? Pensaba que eras del sur —comentó Izan.

—Es muy largo —dijo Vera. Pero Izan miró a su alrededor, como diciéndole que no tenían ninguna prisa.

Vera se dio cuenta de que Alma estaba muy entretenida hablando con los tres chicos, esta vez sobre un videojuego de alienígenas, de esos de terror que adoraba. Parecía no solo entretenida, sino que le habían caído muy bien. Supo que Izan tenía razón, que por fin tenían un rato para hablar a solas, y acercó su silla aún más para poder escucharle mejor entre el barullo del pabellón.

—¿Recuerdas que te dije que mi hermano había aprobado las oposiciones de celador? Pues le dieron plaza en Guadalajara, así que nos hemos mudado este verano.

—Guau, sí que os habéis ido lejos —comentó él—. ¿Y tu padre?

—Pues cuando me toca ir a verlo me tengo que volver a Granada —explicó Vera—. Han sido unos meses de locura. En medio de exámenes, hubo un día que mi ordenador me dio pantallazo azul y murió, así que me quedé sin él. Luego el fin de curso, la mudanza, la casa nueva... Mi madre aún no ha podido comprarme un ordenador nuevo, así que estoy esperando. Eso sí, me lo ha prometido.

—Eso es genial. —Izan sonrió ampliamente—. Efarin también echa de menos a Sanda. Se alegrará de saber que su bárbara favorita volverá a Alanar.

—Pues sí —concedió Vera—. Y mientras tanto, he empezado a estudiar el bachillerato, ¡el de artes!

—Eh, me alegro mucho. Sé que me dijiste que te flipaba dibujar —Izan le sonrió de nuevo—. Yo pasé a segundo, y limpio, que no las tenía todas conmigo.

—Si pasaras más tiempo estudiando y menos viciado a Reinos...

Izan se echó a reír y le propinó un codazo tan suave que Vera apenas lo notó; sin embargo, su corazón dio un vuelco ante aquel contacto. Se reprendió a sí misma, le costaba creer que siguiera estando tan nerviosa cuando ya llevaba más de una hora junto a su amigo. Habían comido juntos y habían hablado de muchas otras cosas. ¿Por qué seguía reaccionando así tan solo por sentirle cerca?

—¿Y tú...? ¿Vives aquí, en Madrid? —le preguntó tratando de distraer sus propios pensamientos.

—Sí, soy de Parla de toda la vida.

—No lo sabía.

—Es raro, ¿verdad? —Izan sonrió de nuevo—. Puedo hacer un top 10 de tus películas favoritas, pero no sabía que eras morena, por ejemplo. No sé por qué, te imaginaba pelirroja, como a Sanda.

—¿También pensabas que medía dos metros?

Los dos se echaron a reír de nuevo. Vera estaba muy de acuerdo con su observación: ella tampoco lo imaginaba así, pero tenía que admitir que le gustaba lo que veía.

—Siento decepcionarte, de todos modos —añadió cuando consiguió calmarse.

—Eh, no, en absoluto. Me encantas. —Titubeó, tal vez pensando que sus palabras eran malinterpretables—. Me refiero a que no eres como imaginaba, pero, a ver, yo tampoco soy un silfo verde, ¿no? Y que la realidad supera a la ficción. Bueno, no sé si lo estoy arreglando...

Desvió la mirada azorado y Vera siguió un impulso y aferró su mano para calmarle. El chico se volvió para mirarla y, una vez más, Vera sintió que una descarga eléctrica la recorría por dentro cuando sus ojos se encontraron.

—Te he entendido —le dijo despacio y oprimiendo su mano con cariño—. Y no, no eres un silfo verde, pero casi que mejor, ¿no?

Izan hizo un gesto de asentimiento con el rostro y una media sonrisa empujó su comisura derecha hacia arriba. Este gesto dejó a Vera embobada una vez más, tanto que no se extrañó de que él tampoco añadiera nada más. Aun así, el silencio que se produjo entre ambos no fue en absoluto incómodo. Vera era consciente de que estaban mirándose a los ojos con la misma intensidad y también de que sus manos seguían en contacto. Por alguna razón, era como si ambos se hubieran quedado bloqueados y ninguno quisiera romper esa magia.

—Si queremos ir al torneo de Smash, más nos vale ir yendo —dijo entonces Alex—. Izan, ¿habéis terminado?

—¿Qué?

Izan dio un respingo, se irguió en la silla y rompió el contacto visual. Vera también se apresuró a apartar su mano e interceptó una mirada de Alma, que le dedicaba una sonrisa divertida.

—Que si habéis terminado de comer —repitió Julio.

—Yo sí —respondió Vera rápidamente.

Izan se puso en pie y todos lo imitaron enseguida. Se encaminaron a la entrada del pabellón restaurante y entonces Izan volvió a acercarse a Vera y Alma.

—¿Qué vais a hacer ahora?

—No lo sé, vosotros vais a un torneo de Super Smash Bros y luego a eso de *soft combat*, ¿no? —preguntó Vera.

—Sí, creo que esa era la idea —asintió Izan—. Pero no me importa cambiar algún plan, estos tres son fuertes e independientes.

Vera soltó una carcajada sin ser capaz de dejar de mirarlo.

—Nosotras queríamos ir a ver lo del *cosplay* —dijo Alma echando un vistazo al programa—. No sé a qué hora es.

—A última, justo antes de que nos tengamos que ir —respondió Vera señalándoselo en el papel.

—Podemos ir a dar una vuelta por las tiendas y luego nos acercamos a lo del *soft combat*, ¿te parece? —preguntó Alma.

Empezó a guardar el programa y miró a Vera, que asintió efusivamente con la cabeza.

—Genial, entonces. Luego podemos ir todos juntos a lo del *cosplay* —añadió Izan.

—Buena idea —asintió Vera.

—¡Nos vemos luego! —Alma alzó la voz para llamar la atención de Alex y compañía, que ya se adelantaban en dirección al pabellón de los videojuegos.

Los chicos se giraron y se despidieron con la mano, aunque dejaron de caminar, quizá a la espera de que Izan los alcanzase.

—Hasta luego, entonces —dijo Vera—. Suerte en el torneo.

—Gracias —respondió él y, antes de darse la vuelta para seguir a sus amigos, le guiñó un ojo.

Vera sintió que se quedaba sin aire una vez más y se lo quedó mirando mientras se marchaba. Hasta que sintió la mirada de Alma clavándose en ella tan fuerte que le quemaba.

—¿Qué? —le preguntó al darse cuenta de que su amiga la observaba con una sonrisa burlona.

—Menudo flechazo, ¿eh? Pensaba que esas cosas pasaban solo en las pelis.

—¿De qué me hablas?

—De que estáis los dos embobados, chica.

Vera sintió que enrojecía solo de pensarlo, aunque no rebatió el razonamiento de su amiga. Se sentía en una nube, la más mullida y blandita de todo el cielo. Nunca había sentido algo parecido, es más, jamás hubiera imaginado que alguien pudiera sentirse así.

—Bueno, para ser un flechazo tendríamos que habernos conocido hoy —se defendió Vera reflexiva—. Y llevamos siendo amigos… ¿cuatro años?

—Di lo que quieras, pero tengo ojos en la cara.

Vera no discutió. Se enganchó al brazo de su amiga para tirar de ella en dirección al pabellón en el que se encontraban todos los estands comerciales. Si iban a enlazar el *soft combat* con el *cosplay*, después tendrían que marcharse a coger el cercanías y no habría tiempo de hacer más compras.

Ella no tenía pensado comprar nada, quizá alguna chapa, como mucho un póster. Sin embargo, Alma sí había echado un vistazo a una cartera nueva y también tenía pensado comprarse un peluche, así que ambas se zambulleron en la marea de gente que se arremolinaba alrededor de los puestos.

Ni siquiera así logró olvidarse de las palabras de Alma, ese «estáis los dos embobados» que le había dicho y que se le había grabado a fuego.

¿Sería verdad? Sí era consciente de que haber conocido a Izan era como cumplir un sueño y se sentía que estaba viviendo en uno. Había una fuerte conexión que los unía, llevaban años siendo amigos y también hacía tiempo que le consideraba su mejor amigo, en Alanar y fuera de él. Pero habían pasado de ser píxeles en una pantalla, de ser Sandalveth y Efarin, a ser Vera e Izan. Todas las barreras se habían derrumbado tan de golpe, sacudidas por un terremoto tan casual como repentino, que aún estaba confusa. Pero se habían visto cara a cara y, aunque todavía estuviera asimilándolo, parecía que su corazón le chillaba que había algo más que no había querido ver.

¿Sería verdad que tenía un *crush* en él? Y lo más importante: ¿él en ella?

De solo pensarlo una sensación totalmente desconocida la recorría por dentro. Si eso era lo que la gente llamaba «mariposas en el estómago», era una descripción más que acertada.

—¿Y… qué te ha parecido Izan? —le preguntó a Alma cuando se apartaron de los estands para que su amiga guardase sus compras en la mochila.

—Parece majo —respondió Alma, pero pareció darse cuenta de que Vera esperaba algo más al volver a mirarla a la cara—. ¿Qué quieres que te diga? Apenas he podido hablar nada con él, no se ha separado de ti desde que os habéis encontrado.

Vera sonrió para sí misma y desvió la mirada azorada. En realidad, su amiga tenía razón. Ella también lo había notado; le había dado la sensación de que, si fuera por Izan, hubiera abandonado a sus amigos con tal de seguir con ellas. Con ella.

—Te gusta, ¿eh? —la pinchó Alma divertida con la situación.

—Pues mira, creo que sí —admitió Vera con sinceridad—. Me preguntabas el otro día si nunca había tenido un *crush*, pues mira, he aquí mi *crush*.

—Se lo merece, se lo merece. Ya te he dicho que me parece que está muy bueno.

Vera soltó una risa nerviosa, aunque la primera respuesta que había acudido a su mente era un «y tanto» que no se atrevió a pronunciar. Le hubiera gustado preguntarle a su amiga si de verdad pensaba que a él también le gustaba ella, pero antes de que lograse formular la pregunta, Alma tiró de su brazo en dirección al siguiente estand y Vera tan solo pudo dejarse arrastrar.

Pasaron un rato más dando vueltas por un pabellón y Vera presenció anonadada cómo Alma se gastaba un dineral equivalente a su paga de un año. Ella se atrevió a comprarse algunas chapas, más que nada por llevarse un recuerdo de aquel día tan especial. Cuando estaba eligiéndolas, se topó con una sección en la que había un montón de ellas relacionadas con *Reinos de Alanar* y eligió una bastante sencilla en la que aparecían dos hachas cruzadas, el símbolo que representaba a los guerreros dentro del juego. Entonces sus dedos se detuvieron en una que mostraba una mano abierta que sostenía una bola de fuego, el símbolo de los hechiceros. Decidió llevarse las dos, dispuesta a hacerle aquel regalo a Izan solo porque le hacía ilusión que él tuviera algo suyo.

No tardaron mucho más en terminar las compras y encaminarse hacia la zona de actividades, donde según el programa habría un taller de *soft combat*. Vera no sabía exactamente qué era eso y Alma enseguida le explicó que consistía en pegarse con armas de gomaespuma.

—Es como lo de la realidad virtual, pero real de verdad —bromeó su amiga.

—No sé si me convence —admitió Vera.

—Será divertido, ya lo verás.

Para cuando llegaron allí, los chicos ya estaban en la cola y Julio, el más alto de los cuatro, les hizo algunos gestos para que se acercasen a donde estaban ellos. Aunque Vera sentía que estaban colándose, Alma no tuvo ningún reparo en adelantarse hasta el lugar donde estaban esperándolas.

—¿Qué tal el torneo? —les preguntó Vera.

—A algunos mejor que a otros —respondió Izan.

Los tres miraron elocuentemente a Nando, que enseguida les mostró una bolsa llena de regalos.

—Este mamón ha quedado el segundo —explicó Alex—. A los demás nos han echado enseguida.

—Eh, ¿de qué os extrañáis? —se defendió el propio Nando—. Llevo jugando al Smash toda la vida, mi hermano lo tenía para la Nintendo 64. Casi aprendí a jugar antes que a andar.

Compartieron algunas carcajadas grupales mientras los chicos les contaban cómo había ido el torneo y a Vera no se le escapó el detalle de que, en cuanto pudo, Izan se movió para colocarse a su lado. Sonrió para sí misma con el corazón revolucionado. Ojalá tuviera razón su amiga y no estuviera imaginando cosas, porque la sensación que la llenaba por dentro le resultaba más que agradable y no quería deshacerse de ella.

La partida de *soft combat* fue más divertida de lo que había esperado. Los organizadores los dividieron en dos equipos y les permitieron armarse como quisieron —evidentemente Vera buscó un arma que asemejase un enorme mandoble de dos manos— y el juego empezó. Era sencillo: si te tocaba alguien del equipo contrario, debías agacharte y quedabas eliminado; si te tocaba alguien de tu equipo, recuperabas vidas.

Vera se rio muchísimo y cuando salieron de allí en dirección al escenario principal aún tenía las mejillas arreboladas por la risa y la pierna derecha dolorida de un golpe que se había dado al tirarse al suelo para evitar un golpe.

—Julio lo que es, es un tramposo —protestaba Alex—. Estoy seguro de que te he eliminado dos veces y no te has dado por muerto.

—Y yo otra —se sumó Alma.

—¿Qué más da? ¡Es un juego! —se defendió el interpelado.

—Pero eres un tramposo igualmente —se sumó Izan.

—Al menos tengo manos, tú te has pasado más tiempo eliminado que jugando.

—Eh, que siempre he sido lanzador de hechizos, no me pidas maravillas.

Vera sonrió para sí misma, sobre todo al ver que Alma parecía haber congeniado bastante con los amigos de Izan. A ella también le habían caído bien, parecían chicos divertidos y, sobre todo, tan frikis como ellas. Siguieron discutiendo algunos momentos de la partida mientras llegaban junto al escenario, que, para sorpresa de nadie, ya estaba bastante concurrido.

Alma le había explicado que el concurso de *cosplay* era una de las actividades estrella de todas las Japan Weekend y Salones del Cómic y Vera tuvo que darle la razón. Le sonaba que hasta en Granada lo publicitaban como una de las mejores actividades.

No encontraron asientos libres, por lo que se colocaron lo más cerca del escenario que pudieron para poder ver las actuaciones, aunque les tocase quedarse de pie.

—¿A qué hora os tenéis que ir? —le preguntó Izan mirando su reloj.

Vera se acercó un poco más a él y se dio cuenta de que eran casi las ocho y media.

—Tenemos que coger el cercanías de las nueve y cuarto —explicó—. O no llegaremos a casa a la hora.

—¿Inamovible?

—Inamovible —confirmó.

Intercambiaron una sonrisa. Parecía que los dos habían tenido la misma idea: nada había cambiado entre ellos pese a que ya no estuvieran separados por una pantalla. Habían tirado la barrera que los había separado y, ahora que parecía que habían vencido los nervios iniciales, estaban muy cómodos juntos. Incluso tenían las mismas dinámicas que cuando se reunían en Reinos.

—Os acompañaré a la estación, ¿vale? —prometió Izan—. Estos pueden quedarse por aquí y luego me reúno con ellos para los sorteos.

—Es verdad, los sorteos.

Vera buscó en los bolsillos de sus pantalones las papeletas que les habían dado al ir a probar la realidad virtual, y entonces encontró la chapa que le había comprado y de la

139

que ya se había olvidado. Le tendió los dos números del sorteo a su amigo y lo miró a los ojos.

—¿Te importa...? —le dijo.

—Pues claro, ojalá haya suerte.

—Ojalá, aunque antes necesitaría una tostadora nueva.

—Bueno, intenta que no sea una tostadora esta vez.

Vera se echó a reír e Izan sacó la cartera para guardar las papeletas de su amiga junto a su propia participación. Vera palpó la chapa que le había comprado y que seguía en el bolsillo de su pantalón. Por alguna razón, ahora le daba muchísima vergüenza pensar en dársela, tanta que no pudo evitar desviar la mirada cuando él volvió a clavar sus ojos en ella.

—¿Qué pasa? —preguntó Izan con curiosidad.

—Antes en las tiendas me he acordado de ti y te he comprado una cosa —confesó Vera avergonzada—. Pero ahora me parece una tontería total.

—¿En serio?

Vera se atrevió a mirarle a los ojos de nuevo, tímida, mientras asentía despacio. Sacó la chapa del bolsillo envuelta en su puño cerrado y lo levantó entre ambos esperando que Izan extendiese su mano bajo la suya para dejarla caer. Sin embargo, lo que hizo él fue agarrar su mano con cariño y abrirla con delicadeza, como si su mano fuese el cofre más valioso del mundo. Vera casi contuvo el aliento, aunque ya no sabía si porque no sabía cuál iba a ser la reacción de su amigo o porque sentir de nuevo sus pieles rozarse la había estremecido entera.

—Me encanta —dijo Izan cuando vio la chapa y una amplísima sonrisa inundó su rostro.

—Es una tontería, lo sé. Yo me he comprado una igual y pensé que... —le mostró su propia chapa entre balbuceos—. Bueno, no sé lo que pensé.

—Gracias, de verdad —insistió Izan; entonces echó un vistazo a la otra chapa—. Aunque tengo una idea mejor.

Vera lo miró con curiosidad, pero Izan se limitó a devolverle la chapa que le había regalado y a intercambiarla por la suya.

—Así tu llevas a tu hechicero contigo y yo a mi guerrera, ¿te parece?

Vera se quedó sin palabras durante un instante observando el símbolo del lanzador de hechizos en la palma de su mano.

—Claro, me encanta cómo piensas.

Izan sonrió de nuevo y se puso la chapa con las dos hachas cruzadas en la sudadera, sobre el pecho. Vera aferró la suya con fuerza, sintiendo que aquel simple objeto acababa de convertirse en una especie de símbolo de su amistad.

Antes de que pudiera encontrar palabras, el concurso de *cosplay* empezó y Alma volvió junto a ella para ir comentando las actuaciones.

Aquel rato fue tan divertido como el resto de la tarde, aunque Vera tenía que admitir que no entendía muchos de los disfraces que se exponían en el escenario y que pertenecían a series que no había visto. Aun así, opinó como todos los demás de los disfraces cutres, de los currados, de las actuaciones divertidas y las que mejor se hubieran podido quedar en su casa. Había *cosplays* de todo tipo: series, pelis, videojuegos... incluso hubo alguno de algún libro.

Definitivamente, fue una guinda perfecta para un día maravilloso, aunque Vera cada vez era más consciente de que tendrían que marcharse y aquello la ponía muy triste. No quería que el día tocase a su fin. Todo había sido demasiado mágico como para que terminase.

Cuando Alma agarró su mano y le dijo que tenían que ir pensando en irse, Vera sacó su móvil para mirar la hora. Eran las nueve menos cuarto y, aunque la estación del cercanías estuviera en el propio IFEMA, aún tenían que recorrer los pabellones repletos de gente. Se mordió el labio inferior. No quería irse. Pero tampoco podía arriesgarse a llegar tarde la primera vez que su madre le daba vía libre para hacer un plan de ese estilo y darle razones para retirarle la libertad que se había ido ganando.

—Izan —lo llamó y el chico se volvió para mirarla—. Tenemos que irnos al tren.

—Vale, vamos —respondió, y alzó la voz para que sus amigos le oyeran—. Voy a acompañarlas a la estación, estad atentos al móvil para reunirnos.

Se despidieron de Alex, Nando y Julio, y Vera descubrió que realmente habían hecho muy buenas migas con Alma, porque antes de marcharse intercambiaron las redes sociales. Cuando se separaron lo hicieron con un «hasta la próxima» que sonaba realmente prometedor.

Mientras recorrían los pabellones en dirección al cercanías —a toda velocidad porque al final se les había hecho más tarde de lo que habían calculado—, Vera no podía dejar de pensar en si realmente volverían a verse, pero se aferraba a esa posibilidad. Sobre todo, porque después de haber pasado aquel maravilloso día con su mejor amigo, no quería que su relación volviera a ser exclusivamente digital. No quería ni pensarlo.

Cuando alcanzaron los tornos que daban hacia el andén, quedaban algunos minutos para que llegara el tren y Vera se volvió hacia Izan e hizo un mohín en el que quería decirle «no quiero irme».

—Yo tampoco quiero que te vayas —dijo su amigo, como si hubiera leído en su mente como en un libro abierto.

—Habrá más veces —respondió Vera, más para autoconvencerse que para tranquilizarlo a él.

—Eso te lo prometo.

De nuevo, la intensidad en su mirada tan profunda como el océano la paralizó. No supo qué decir ni qué hacer, pero Alma estaba allí para romper el hechizo.

—Voy pasando —dijo, y se giró hacia su amigo—. Ha sido un placer conocerte, Izan.

—Igualmente, Alma. Hasta la próxima.

Se despidió de él con el brazo y se volvió hacia los tornos. Solo entonces Vera se dio cuenta de lo que su amiga estaba haciendo: los estaba dejando a solas. Y si los estaba dejando a solas era porque pensaba que quizá podría pasar algo más entre ellos y no quería estar de sujetavelas. Se puso muy nerviosa de pronto y al volverse hacia Izan supo que lo hacía con las mejillas encendidas.

—Me alegro muchísimo de haberte visto hoy —acertó a decir.

—Y yo, ha sido la mejor casualidad del mundo —Izan le sonreía de nuevo y, aunque él no se había ruborizado, parecía que estaba algo incómodo de pronto.

«Es porque estamos solos», comprendió Vera, que casi era capaz de notar la tensión que había entre ambos de repente. Respiró hondo y miró hacia el andén, antes de volver a mirarlo por última vez.

—Será mejor que me vaya antes de que pierda el tren —le dijo.

Izan dudó un momento, Vera vio el titubeo en su rostro y en sus labios entreabiertos, pero no se animaba a decir nada, por lo que le dedicó una mirada apremiante.

—¿Puedo pedirte un abrazo? —dijo el joven al final.

El corazón de Vera dio un salto en su pecho, pero se mordió el labio inferior y asintió con la cabeza con efusividad antes de dar un paso más hacia él y refugiarse en sus brazos.

Tenía la sensación de que estaba temblando y temió que él lo notase, pero aquel miedo le duró apenas un instante, el tiempo que tardó su aroma en envolverla. Cerró los ojos para disfrutar del momento y cuando él depositó un beso sobre su cabello sintió que se derretía entera.

—Estoy tan contenta de haberte conocido… —le susurró.

—Me siento igual —respondió él en el mismo tono.

Se separaron y se miraron a los ojos un instante en el que Vera creyó leer que quería decirle mucho más con aquellas últimas tres palabras.

—¡Vera!

El grito de Alma hizo que se girase como si la hubieran pinchado.

—Me tengo que ir —dijo con urgencia—. Hablamos, ¿vale?

—Claro. Buen viaje.

144

Vera le sonrió y cruzó los tornos lo más rápido que pudo y cuando estuvo al otro lado echó a correr hacia donde estaba Alma esperándola con infinita paciencia.

Sentía que una parte de su corazón se quedaba con Izan, pero también que una parte de él se había alojado en su corazón, con la misma persistencia que su olor se había clavado en sus sentidos.

14

Alma y Vera llegaron al andén cuando el tren estaba a punto de salir, por lo que ni siquiera dejaron de correr hasta encontrar un vagón vacío en el que subirse y, cuando por fin estuvieron a bordo, Vera se volvió para mirar a su amiga, mientras ella se dejaba caer en el primer asiento libre.

—Lo siento —le dijo.

—Nada, nada —la tranquilizó Alma—. Eso sí, podríais haberos besado o algo.

—¡Tía!

—¿Qué? Si os estabais muriendo de ganas.

Vera no se lo discutió, al menos por su parte, pero recordó la timidez con la que Izan le había pedido un abrazo y supo que no hubieran sido capaces de besarse ni aunque hubieran estado media hora a solas.

—Es la primera vez que nos vemos —dijo respirando hondo y se quitó la bandolera para dejarse caer en el asiento que había a su lado.

«Y qué primera vez», pensó para sí misma.

—Pues me da a mí que os habéis quedado con ganitas los dos —insistió Alma—. Y no me digas «tíaaaaa».

Vera la miró de reojo y puso los ojos en blanco, aunque no se esforzó en discutir.

—Cabezota —dijo Alma sacudiendo la cabeza.

—¿Qué quieres que te diga? ¿Que me gusta? Pues sí, me gusta. Me gusta mucho. Y me parece cuquísimo, pero solo somos amigos. Acabamos de vernos en persona por primera vez, leches.

—Bueno, tiempo al tiempo.

—Eso —zanjó Vera—. Además, por más que él me guste, también tendría que gustarle yo a él.

—Pero a ver. A ver. —Alma se volvió hacia ella exageradamente para obligarla a encararla—. ¿Tú no tienes ojos en la cara? Pero si os faltaba que sonara *Can you feel the love tonight* cada vez que os quedabais juntos.

—Tía…

—Elton John —insistió Alma dedicándole esa cara de «tengo la razón y lo sabes» que solo ella sabía utilizar.

—Ay, no lo sé. —Vera suspiró exageradamente y se dio cuenta de que había contenido demasiados suspiros aquella tarde—. Ya te he dicho que nunca he tenido pareja, no estoy acostumbrada a estas cosas.

—Pues ya te lo digo yo. Estabais los dos igual de hipnotizados.

Vera sonrió y desvió la mirada. Alma comprendió que su amiga no seguiría insistiendo y volvió a acomodarse en su asiento.

Vera suspiró una vez más al recordar los últimos momentos juntos: esa despedida que había sido más apresurada de lo que le hubiera gustado, pero que había sido más dulce de lo que habría imaginado. Sabía que jamás olvidaría la cara de su amigo, con el flequillo rubio casi cubriéndole esos ojos azules tan bonitos que la miraban con cierto temor cuando le preguntó si podía abrazarla. Y su olor, suspiró de nuevo, nunca hubiera imaginado que una persona pudiera oler tan bien. Las mariposas de su estómago ahora estaban más alteradas que nunca y no parecía que fueran a detenerse.

Se obligó a ser la chica responsable que sabía que era y sacó el *smartphone* para ponerle un mensaje a su madre. Le dijo que el día había sido genial y que ya estaban de nuevo en el cercanías de camino a casa.

Sostuvo el móvil en el regazo, a la espera de que su madre le contestase —sabía que no tardaría, porque casi con toda certeza estaría pendiente de ella, pues no estaba acostumbrada a que saliera— y miró el techo del tren. Volvió a suspirar.

—Es que qué pasada de día —murmuró—. Quién me iba a decir a mí que Efarin... que Izan iba a estar ahí. Vaya casualidad.

Descubrió que tenía cierto caos mental acerca de cómo dirigirse hacia su amigo. Él mismo, a lo largo de la tarde la había llamado varias veces Sanda y, aunque a ella no le molestaba en absoluto, supo que tendrían que hablar de ello.

—Las casualidades no existen —dijo Alma sonriente a su lado—. Solo el destino.

Vera soltó una carcajada seca, pero Alma se encogió de hombros.

Una vibración en su móvil hizo que lo desbloquease para ver el mensaje de su madre. Al abrir WhatsApp se encontró con que no era ella quien le había escrito, sino Izan.

—Es él —soltó en voz baja sin poder evitarlo.

Alma volvió a centrar toda su atención en ella inclinándose a su lado para leer los mensajes en el móvil de su amiga.

> Gracias por el día de hoy, ha sido muy especial para mí.
> Espero que lo hayas pasado tan bien como yo.

Vera suspiró una vez más mientras tenía la sensación de que las mariposas se revolucionaban.

—Ay, ¿qué le digo? —murmuró.

Sin embargo, enseguida comenzó a teclear la respuesta.

> Me lo he pasado genial.
> Tenía muchas ganas de verte en persona

> Y yo, no sabes cuántas.

> ¿Volveremos a vernos?

> Si tú quieres. Yo lo estoy deseando y acabamos de despedirnos.

—Ay, pero qué mono —comentó Alma, y Vera tan solo pudo sonreír.

> El lado bueno es que Guadalajara y Madrid están muy cerca.

> Sí, seguro que podemos quedar algún fin de semana.

En cuanto tengas libre.

> ¿Yo?

Sí, por lo que me has comentado tu madre es un poco más estricta que la mía.
Así que... cuando tú digas.

Vera se mordió el labio inferior e intercambió una rápida mirada con Alma, que la animaba a seguir escribiendo.

> Vaya mierda, si tuviera ordenador podríamos vernos en Alanar esta misma noche.

Bueno, ahora tenemos esto.
Es mejor que nada, ¿no?

> Y tanto.

No hace falta que me respondas ahora.
Estarás cansada del día y todavía te queda para volver a casa, ¿no?

Más de media hora.
Pero no es eso, por mí nos vemos el próximo fin de semana.
Es que no quería quedar de ansiosa.

—¡Tía! ¿Lo ves? —Alma agitó el brazo de Vera y ella asintió con la cabeza muy sonriente.

—De verdad que no me lo creo —repitió Vera—. Este viaje era para que tú y yo frikeáramos y esas cosas, no para conocerle a él.

—Pues mira, hemos podido hacer las dos cosas.

Vera asintió y siguió escribiendo en el chat, tan afanada que Alma terminó por retirarse de su lado para hacer caso a su propio teléfono móvil.

Lo cierto era que Vera nunca se había sentido así. No solo era que jamás había tenido eso que su amiga había llamado flechazo o que aquel día hubiera sido tan mágico como irrepetible. Era que, aunque había hablado con Efarin más veces de las que podía recordar y ambos habían mantenido conversaciones de todo tipo y le había contado sus grandes secretos, parecía que algo había cambiado.

No sentía que estuviera hablando con Efarin, aunque ese fuera el nombre con el que había guardado a su amigo en la guía telefónica. Era Izan, el chico de ojos azules y sonrisa preciosa, aquel que sabía hacerla reír, que la comprendía como nadie y que olía mejor que cualquier otra persona que hubiera abrazado.

Soltó el milésimo suspiro desde que se había subido al tren, sin duda, ocasionado por el aleteo de las mariposas.

15

La siguiente semana fue especialmente mágica para Vera, sobre todo, porque aún tenía aquella sensación de estar flotando en una de las nubes más altas del cielo. Desde el sábado, no había un solo día que no hubiera vuelto a hablar con Izan, ya fuese por WhatsApp, ya fuese por teléfono. La cosa cada vez iba mejor entre ellos, incluso parecía que se mostraban menos tímidos, a sabiendas de lo cómodos que estaban el uno con el otro.

Vera cada vez era más consciente de que el concepto de *crush* se le quedaba corto. Como le dijo Alma cuando se lo comentó, «estaba enchochadísima» de Izan y no podía negarlo. Jamás había estado tan pendiente del teléfono, hasta el punto que su madre se lo notó. Durante la cena de la noche anterior, mientras los tres estaban a la mesa, no podía hacer más que responder al móvil y volver a bloquearlo. Una y otra vez. Hasta que su madre le soltó un:

—¿Quién es? ¿El chico ese? Sí que te ha dado fuerte.

Vera se había puesto como un tomate, pero Diego había salido en su defensa.

—Déjala —había dicho—. Ya era hora de que se echase novio.

—No es mi novio —se había defendido.

Vera no tenía muy claro cómo habían sonado sus palabras ni por qué Diego se había echado a reír. Lo que sí recordaba era la vergüenza y ese deseo de que la tierra se la tragase.

El domingo no había podido evitar contarles toda su experiencia en la Japan Weekend, incluida la coincidencia de conocer a uno de sus amigos de internet. Y no a uno cualquiera: a Izan, su mejor amigo. Pensó que su madre se enfadaría, pero había reaccionado justo al contrario: se había mostrado muy contenta de que se hubieran visto. Para su sorpresa, tenía muy en cuenta el drama que había sido para ella pasar tantos meses sin ordenador, así que el hecho de que hubieran retomado el contacto le parecía maravilloso.

Aunque ahora parecía que tenían alguna especie de broma a sus espaldas cada vez que se enteraban de que estaba hablando con «ese chico», hasta el punto de que había llegado a arrepentirse de haberles contado lo del fin de semana, así como que pensaban volver a verse el sábado.

Nunca había deseado con tantas fuerzas que terminase una semana y aquel viernes se le estaba haciendo especialmente largo, quizá también debido a que era el día que más asignaturas teóricas tenía y le resultaba agotador. Aun así, Alma siempre le hacía las clases más amenas, sobre todo porque parecía que vivía cada avance en su historia con Izan como si fuera una telenovela.

Aquel día, a la hora del recreo, no había podido evitar enseñarle parte de la conversación que ambos habían mantenido la noche anterior.

> ¿Y dónde quieres que vayamos a comer? ¿El *burguer* te va bien?

Me da exactamente igual, con verte ya estoy contento.

> Ya, me pasa igual. Estoy deseando que llegue el sábado.

Créeme, yo más.

> No tienes ni idea 😄

Ya te digo yo que sí. Sobre todo, porque tengo una sorpresa para ti.

> ¿Una sorpresa?

Sí. No quería decírtelo, pero no podía callarme más. Me muero por verte la cara.

> ¿En serio me vas a dejar así ahora?

Sí. Te jorobas.

☹

No me pongas esas caras, no vas a convencerme.

Va, dame una pista o algo.

Hm...
Te va a encantar. Estoy seguro a un 250%

¿No puedes hacerme un adelanto o algo?

No ☺

Eres malo conmigo.

Merecerá la pena, ya lo verás.

Ahora tengo aún más ganas de que llegue el sábado, así que más vale.

Al 250%, te lo aseguro.

> Me las pagarás por esto.

> ¿Perry el ornitorrinco?

> Bobo

—Mira, yo ya... Como no os liéis este finde, os mato —dijo Alma devolviéndole el teléfono móvil a Vera—. A los dos. Os mato a los dos.

—No me presiones más, ¡ya estoy bastante nerviosa! —protestó Vera.

Las dos estaban sentadas en un banco fuera de la escuela de arte, con los abrigos bien ceñidos y las mochilas en el suelo. Habían buscado un lugar al sol, pero, aun así, hacía bastante frío pese a ser principios de noviembre. Vera terminó lo poco que le quedaba de su bocadillo y miró de reojo a Alma, que estaba haciendo algo en su propio teléfono móvil.

—¿Tú qué crees que será esa sorpresa? —le preguntó.

—Se pondrá un lacito.

—No seas idiota —soltó Vera, aunque no pudo evitar que se le escapara una carcajada.

—Yo que sé, chica. Tú le hiciste un regalo en la Japan, te habrá comprado algún detallito. Sea lo que sea, es verdad que es monísimo. No me extraña que te tenga tan loca.

—No me tiene... —Vera enmudeció y sacudió la cabeza haciendo que sus rizos morenos le azotasen el rostro—. Es un mamón, no puedo dejar de pensar en ello.

—Para eso lo ha hecho. No sabe nada el tío.

Vera tuvo que aceptar que Alma tenía razón. Casi con toda seguridad Izan le había dicho aquello para ponerla aún más nerviosa. Más le valía calmar sus expectativas, aunque, para hacer honor a la verdad, cualquier regalo que viniera de él, le haría muchísima ilusión, tan solo porque era suyo.

Respiró hondo echó un vistazo más al chat que compartían y abrió un instante la foto de perfil de su amigo —cosa que había hecho más veces en los últimos días de las que quería admitir—. En realidad, le daba igual la sorpresa. Por más que se muriera de curiosidad, lo que estaba deseando más que nada en el mundo era volver a mirarle a la cara y perderse en aquellos dos pozos azules.

* * *

Aquel sábado Vera decidió dejarse el pelo natural. Después de una conversación con Izan en la que le había confesado que tenía el pelo rizado y que lo que había visto en la Japan era obra de la plancha, él le había dicho que ahora tenía ganas de verla tal y como era. Y eso pensaba hacer.

Aun así, no pudo evitar aplicarse el *eyeliner* —consciente de que ganaba seguridad en sí misma cuando lo llevaba— y pasarse más tiempo del que quiso admitir escogiendo qué ponerse frente al armario abierto.

Finalmente eligió unos vaqueros de color azul oscuro muy ajustados y se puso un suave jersey de color morado pálido por encima, bastante ancho y confortable.

—¿Entonces no venís a comer? —le preguntó su madre desde la puerta.

—No —respondió Vera, que seguía mirándose al espejo mientras probaba si era mejor llevar el jersey por dentro de la cintura del pantalón o por fuera—. No estoy yo preparada para que me avergüences públicamente.

—¡Vera!

—Es broma. No creo que le haga gracia que le haga pasar vergüenza el primer día.

—Bueno… —aceptó su madre—. Pero si os aburrís de estar por ahí no os quedéis pasando frío, podéis venir a ver una peli o lo que queráis. Yo no molesto.

Vera se giró hacia ella, asintió con la cabeza y le dedicó una mirada agradecida. Aun así, dudaba muchísimo que fueran por casa. Era su primera cita —si podían considerar aquel día que pensaban pasar juntos, y para el que no había planificación alguna, una cita— y no entraba en los planes de Vera presentarle a Izan a su madre, por más que pareciera que ella estuviera deseando ponerle cara.

Se despidió de ella con un «¡hasta esta noche!» y salió de casa algo apresurada, aún poniéndose su abrigo de paño color crema y con el bolso colgando del brazo de cualquier manera.

Había quedado con Izan en la estación a las diez, que era cuando el cercanías le dejaba allí y no le apetecía nada llegar tarde, sobre todo teniendo en cuenta que él ya llevaba más de una hora de viaje para verla. Por suerte, la estación no estaba demasiado lejos de su casa y podría recuperar fácilmente los minutos que había perdido terminando de arreglarse.

Cuando llegó a las puertas de la estación con su caminar acelerado, sacó el móvil del bolsillo y se alegró de ver que aún quedaban algunos minutos para que llegase el tren. Entró en el edificio sin dudarlo y fue en busca de una pantalla que le indicase en qué andén debía aguardar a su amigo.

Aquellos minutos de espera se le hicieron incluso más largos que aquella semana. Se situó en el andén mirando hacia el lugar por el que debería verlo aparecer y mordiéndose las uñas distraídamente.

No tenía muy claro lo que quería que sucediese aquel día, aunque Alma le había dicho tantas veces que esperaba que se enrollasen que una parte de ella estaba expectante. ¿Sucedería? ¿Serían capaces de romper esa barrera también? Ella nunca había besado a nadie y tal vez esa era la razón por la que solo pensar en ello aceleraba las mariposas que ya vivían dentro de ella.

Intentaba no pensar en ello para mantener sus nervios a raya. Tan solo quería volver a verlo, pasar el día juntos y divertirse tanto como se habían divertido durante el sábado anterior. Solo que el fin de semana anterior habían estado en un lugar con muchísima gente y continuamente rodeados de Alma, Nando, Julio y Alex. Aquel día estarían solos ellos dos y solamente de pensarlo se le aceleraba el corazón. Si Alma estaba en lo cierto —y esperaba que lo estuviera— e Izan estaba tan pillado por ella como lo estaba ella de él, sería un día mágico.

Entonces, ¿por qué no podía sacudirse los nervios de encima? ¿Y por qué tardaba tanto el tren?

Por suerte para sus uñas no tardó mucho más en llegar y Vera aguardó casi conteniendo la respiración a que se detuviera en el andén. Cuando las puertas se abrieron, se puso de puntillas para otear entre la gente en busca de una cabeza rubia.

Aunque cuando lo localizó, no fue por su pelo, sino porque él la había visto a ella y la sonrisa más grande del mundo llenaba su cara. Echó a caminar hacia él contemplándolo casi hipnotizada, como si no hubiera nadie más en el andén. Izan vestía vaqueros azules y deportivas claras. Encima un abrigo negro que llevaba abierto sobre una sudadera de color gris del mismo estilo de la que había usado cuando lo conoció. Aunque fue consciente de que resultaba aún más atractivo por aquella enorme sonrisa que estaba dedicándole. Cuando llegó a su lado, y como si todos los nervios que la habían acompañado horas se hubieran evaporado, se echó a sus brazos.

—Ay, ay, ay, espera —dijo Izan, y Vera se dio cuenta de que él no respondía a su abrazo, por lo que se apartó de él avergonzada.

Al mirar mejor se dio cuenta de que él llevaba una gran caja envuelta en papel de regalo de color verde entre las manos y también que se agachaba para dejarla en el suelo con cuidado.

—¿Qué es eso? —le preguntó.

—Tu sorpresa —respondió el joven incorporándose de nuevo y mirándola a los ojos a través del flequillo rubio—. Ahora, ven.

Vera no pudo evitar echarse a reír mientras le echaba los brazos al cuello y, esta vez sí, él le devolvió el abrazo. La estrechaba con tanta fuerza que Vera sintió que sus pies se despegaban del suelo, cosa que no era de extrañar; ella apenas medía uno sesenta e intuía que Izan estaba cerca del metro ochenta de altura.

—No tenías que haberte molestado —le dijo al oído.

—Te aseguro que no dirás lo mismo cuando lo abras —respondió él.

La dejó en el suelo y sus miradas volvieron a encontrarse: sus ojos marrones y los azules de él, tierra y mar. Entonces Izan le acarició un momento la barbilla en un gesto cariñoso que Vera no había esperado y que hizo que todo el enjambre de mariposas que vivía en ella aletease con más fuerzas. El chico, ajeno a la reacción que había provocado, se agachó para recuperar el paquete y juntos echaron a caminar para salir de la estación.

Ya andaban por la calle, alejándose del recinto, cuando Vera se atrevió a preguntarle:

—¿Qué es?

—¿Quieres abrirlo? —preguntó él, con cierto tono de misterio en la voz.

—Pues a ver, sí —admitió ella—. Es enorme. Sabes que no hacía falta, ¿verdad? Yo solo te regalé una estúpida chapa.

—No te metas con mi chapa favorita o me enfado —respondió Izan sonriente.

Vera se echó a reír y le costó una barbaridad reprimir el impulso de darle un codazo, o zarandearle, o cualquier cosa. Era terriblemente consciente de la necesidad que tenía de volver a tener contacto físico con él después de aquel abrazo, como si haber vuelto a juntarse fuera la sensación más adictiva del mundo.

—¿Buscamos algún sitio donde sentarnos? —preguntó Izan mirando a su alrededor—. Así puedes abrirlo tranquila.

—Creo que hay un parque aquí cerca —dijo Vera—. Tampoco te creas que conozco muy bien Guadalajara, prácticamente acabo de mudarme.

—Bueno, ya la conoces mejor que yo, no te preocupes.

Vera admitió que tenía razón y comenzaron una conversación bastante banal sobre el viaje desde Madrid que había hecho Izan. Como había esperado, enseguida volvieron a encontrarse cómodos el uno con el otro, aunque seguía sintiendo aquel anhelo en algún lugar de su corazón. Era como si una parte de ella permaneciese expectante ante lo que fuera a pasar aquel día, mientras la otra mitad de Vera tan solo quisiera disfrutar el momento en el que por fin volvían a estar juntos.

Encontraron el parque que había dicho Vera y, en él, un banco al sol.

—No sé yo si no nos quedaremos fríos —opinó Vera.

—Da igual, tan solo es para que lo abras. Después igual quieres ir a tu casa para dejarlo y no cargar con él todo el día. Y luego ya buscaremos algún sitio donde tomar algo. —Izan miró a su alrededor un instante y dejó que los rayos del sol bañasen su rostro como si disfrutase infinitamente de la sensación—. Aunque tampoco hace tan malo.

—La verdad es que no —concedió Vera sentándose en el banco y quitándose el bolso que llevaba cruzado sobre el pecho para dejarlo a un lado.

Izan se dio cuenta enseguida de que su amiga estaba deseando descubrir qué era su sorpresa y no se hizo de rogar. Se sentó a su lado y apoyó el paquete sobre las rodillas de ambos, lo que hizo que Vera se diera cuenta de que era aún más grande de lo que había esperado y también bastante ancho, aunque no pesaba mucho.

Se mordió el labio inferior y miró a Izan a los ojos. Él no dijo nada, solo hizo un gesto hacia el regalo, como incitándola a abrirlo y Vera ya no pudo contenerse más. Rasgó el papel sin dejar de morderse el labio y deseando ver qué había debajo. El primer agujero que hizo no le dio gran información, pero el siguiente tirón que dio le mostró un símbolo que le era muy familiar: el icono de *Reinos de Alanar*.

—No me jodas —soltó sorprendida.

Siguió rompiendo el papel, aún más rápido, para descubrir que aquel regalo que Izan estaba haciéndole era, ni más ni menos, un set de realidad virtual completo. Un conjunto patrocinado por el videojuego que incluía el hacha de dos manos que utilizaba con su guerrera y que, Vera sabía, valía un dineral.

—¿Qué? —murmuró boquiabierta levantando el rostro hacia él—. No puedo aceptarlo, Izan, esto cuesta una pasta.

Izan la miraba muy sonriente.

—Antes de que sigas, no me he gastado ni un euro en él —explicó—. ¿Te acuerdas del sorteo?

—No... —empezó a decir Vera sin poder creérselo.

—Sí —insistió él—. Si te soy sincero, no sé en qué número tocó, si era tuyo o mío, me da igual, prefiero que lo tengas tú.

—Pero Izan...

Volvió a mirar la caja que anunciaba una experiencia virtual completa, de gafas, guantes y mando temático. Era el mejor regalo que nadie le había hecho en toda su vida.

—Es que es una auténtica pasada.

—Sí que lo es —asintió su amigo—. Con que me dejes probarlo alguna vez me doy por contento.

—Pues claro, aunque primero necesito un ordenador nuevo.

Vera no pudo evitar abrir la caja y sacar su contenido para comprobar lo que había en su interior. Juntos echaron un vistazo a los guantes y también a las gafas que —según le aseguró Izan— valían para todas las consolas del mercado y no solo para el ordenador. Vera terminó por ponerse en pie, en medio de aquel parque en el que por suerte no había demasiada gente, para empuñar el hacha. El mango era de un metal gris pálido, aunque tanto la hoja del hacha como la empuñadura eran de color blanco mate, con cierto punto holográfico. Se atrevió a hacer gestos y pruebas con más soltura que el fin de semana anterior en la Japan Weekend, pues se sentía en confianza teniendo a Izan como único espectador.

—Es una pasada —repitió cuando terminó, y volvió a sentarse para guardarla en la caja con mimo—. Menudo regalo, no sabes lo que te quiero ahora mismo.

Izan soltó una suave risa.

—No, no lo sé —dijo—. ¿Cuánto me quieres?

Sus palabras dejaron a Vera clavada en el sitio y tan solo pudo girar el rostro hacia él, sin decir nada y sintiendo que enrojecía. Izan sostenía su mirada con una media sonrisa curvando sus labios y toda la apariencia de estar esperando una respuesta.

—Te quiero muchísimo —se atrevió a decir, consciente de que cada una de sus palabras hacía que sus mejillas ganasen un nuevo tono de rojo.

En aquella ocasión Vera sí fue consciente de que las pálidas mejillas de su amigo también se cubrían por el rubor y que entreabría los labios. Parecía que quisiera decirle algo y no se atreviera a ello, o quizá no hubiera esperado que ella fuese capaz de pronunciar aquellas palabras. Izan no habló, tan solo alzó su mano para rozar su mejilla en una caricia suave pero que hizo que el corazón de Vera volviera a latir acelerado.

—Me alegro de que te haya gustado, de verdad —le dijo bajando la mirada hacia la caja—. La espera ha merecido la pena, ¿no?

—Al 250% —asintió Vera—. Aunque no sé por qué no me dijiste el sábado que te había tocado.

—Quería darte una sorpresa. —Izan sonreía de nuevo—. Ha merecido la pena callarme solo para verte la cara al abrirlo.

—Bobo —dijo Vera.

Izan se encogió de hombros, pero Vera descubrió que seguía algo ruborizado, lo que le hacía parecer aún más encantador. Contuvo un suspiro y se puso en pie llevando la caja consigo.

—¿Vamos a mi casa entonces? —le preguntó—. Será mejor que deje esto a buen recaudo, no quiero que se lleve un golpe.

—Sí, vamos.

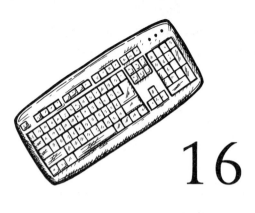

16

—Al final mi madre se ha salido con la suya —comentó Vera, mientras Izan y ella subían los cinco pisos en el ascensor.

—¿Cómo? —preguntó Izan frunciendo el ceño.

—Lleva unos días un poco pesada, desde que supo que íbamos a quedar —le explicó—. Creo que quería ponerte cara o algo así.

—Qué vergüenza, ¿qué le has dicho de mí?

—Que eres mi mejor amigo —respondió Vera sin dudar—. Llevo protestando todo el verano de que por el maldito ordenador no podía hablar contigo, así que se alegró cuando le dije que nos habíamos encontrado en Madrid.

—Ya, es que qué casualidad, ¿eh?

—La mejor del mundo.

Izan le sonrió a través del espejo del ascensor y Vera le devolvió el gesto. Empezaban a dolerle las mejillas de tanto sonreír, pero no podía evitarlo, aunque temía cómo acabaría el día. ¿Se podían tener agujetas en la cara?

Sacó las llaves del bolso y cuando abrió la puerta del apartamento tenía la certeza de que su madre les haría pasar vergüenza a los dos.

Por suerte para ambos, la mujer aceptó el «solo he venido para dejar esto en casa» que le soltó Vera nada más la vio aparecer secándose las manos con uno de los paños de la cocina. Las presentaciones fueron rápidas y Vera trató de darse prisa en guardar su nuevo set de realidad virtual en la habitación para no dejar demasiado tiempo a Izan a solas con su madre. Aunque el chico parecía cortado, se desenvolvió bastante bien. O quizá su madre se conformó con que su hija hubiera decidido presentarle a «ese chico» después de haberle dicho tantas veces que no lo haría ni loca.

Regresaron a la calle y decidieron dar un paseo por la ciudad antes de comer, en vez de meterse en una cafetería, como había propuesto Vera al principio. Izan tenía razón, hacía buenísimo para estar ya en noviembre y sería un buen modo de disfrutar el día. Visitaron todos los lugares de interés que se le ocurrieron a Vera y también aprovecharon para sacarse algunas fotos juntos —uno de los momentos favoritos de la joven de todos los que vivieron aquella mañana— antes de buscar un sitio para comer.

No se lo pensaron demasiado. Durante el paseo habían visto una de esas cadenas de comida rápida que ambos conocían y en la que sabían que no se dejarían un *pastizal*.

Al igual que durante toda la mañana, la comida fue agradable y divertida. Cuando Vera tuvo un momento para pensar en ello, fue consciente de que sus nervios se habían evaporado. Aunque las mariposas de su estómago revoloteaban con más fuerza que nunca, parecía que casi se había acostumbrado a ellas. Estar junto a Izan le resultaba más cómodo y natural de lo que había esperado, aunque seguía con esa necesidad de tener contacto físico con él y había aprovechado para abrazarlo en más de una ocasión a lo largo de la mañana, sobre todo con la excusa de las fotos que se habían sacado y que ahora llenaban la memoria de su *smartphone*.

Tan solo esperaba que Izan se lo estuviera pasando tan bien como se lo estaba pasando ella. Lo miró de reojo mientras él terminaba sus patatas fritas y sonrió. Al final Alma tenía razón y estaba «enchochadísima». No podía creerse que, hiciera lo que hiciera, pudiera verle más guapo cada vez que lo miraba.

—¿Qué quieres que hagamos después de comer? —le preguntó.

—Me da igual —respondió Izan—. ¿A qué hora tienes que estar en casa?

—¿Tú a qué hora tienes que coger el tren?

—El último es a las diez y media, por lo que he mirado.

—Te acompaño a la estación entonces y me vuelvo para casa —respondió Vera—. Con que esté en casa a las once, más que suficiente.

—Genial. —Izan le sonrió—. Entonces tenemos toda la tarde por delante, podemos cenar juntos si quieres.

—¡Claro!

—Entonces, ¿qué? Tenemos mucho tiempo libre, podríamos ir al cine, incluso, si te apetece.

—Bueno... —Vera titubeó—. La verdad es que ya comiendo y cenando fuera... no sé si mi economía me lo permite.

—Vale, no he dicho nada.

Vera asintió, algo avergonzada por haberle chafado la idea. Lo cierto era que tenía algunos ahorros, pero ya iban dos fines de semana seguidos que los veía disminuir a una velocidad a la que no estaba acostumbrada.

—¿Te apetece dar otro paseo hasta que se vaya el sol? —sugirió Izan.

—Sí, si quieres nos acercamos hasta mi escuela para que veas dónde estudio.

—Me parece buena idea.

Vera asintió y cogió su bandeja de comida para recogerla, Izan la siguió enseguida y la joven solo pudo pensar que los dos habían conectado especialmente bien, cada cosa que sugería uno al otro siempre le parecía bien. Así que o pensaban igual o estaban extrañamente complacientes.

Vera le enseñó a Izan el moderno edificio de la escuela de artes y también el lugar donde solía pasar los recreos con Alma. Después recorrieron el mismo camino que Vera hacía todos los días para ir y volver de clase hasta casa y se acomodaron en un banco en el parquecillo que había cerca de su portal.

—Este sitio mola —comentó Izan—. No me esperaba gran cosa de Guadalajara, la verdad, pero es bonita.

—Granada es aún más bonita —aseguró Vera mirándole con ojos brillantes—. Allí podría enseñarte muchas más cosas.

—Quizá algún día podamos ir, ¿no?

—Me encantaría.

Volvieron a mirarse y, como tantas veces a lo largo del día, el tiempo pareció detenerse mientras las mariposas aleteaban con tanta fuerza en el interior de Vera que estaba segura de que Izan acabaría por escucharlas. Cuando logró que el hechizo de sus ojos azules la liberara, se fijó en cada detalle de su rostro; contó hasta la última de sus pecas y acabó posando la mirada en sus labios. Tenía una boca bonita, aunque el labio inferior era algo más grueso que el superior y ahora mismo los tenía entreabiertos. Le había visto con esa expresión en el rostro unas cuantas veces en el día, tantas que ya le resultaba familiar. Era el mismo gesto de anhelo con que la había mirado en sus últimos momentos juntos en la Japan, justo antes de despedirse.

Izan levantó la mano para apartarle un mechón de pelo del rostro y colocárselo detrás de la oreja y Vera había visto suficientes películas romanticonas como para saber lo que implicaba. Sin embargo, Izan no dijo nada más, desvió la mirada y comenzó a jugar distraído con uno de sus rizos, como si no fuese consciente de todo lo que provocaban en ella cada uno de sus gestos.

A Vera se le escapó un suspiro e Izan volvió a mirarla a los ojos.

—Vera... —empezó a decir y tuvo que carraspear porque, por algún motivo, le falló la voz—. Sabes que yo no soy nada valiente, ¿verdad? Soy el que se queda detrás lanzando hechizos mientras tú le plantas cara al peligro.

El corazón de Vera comenzó a latir desenfrenadamente al comprender lo que quería decirle Izan. Pese a que no se atreviera a ser más específico, sí quedaban claras sus intenciones. O ella las veía claras, sobre todo teniendo en cuenta que en los últimos minutos ambos se habían aproximado peligrosamente el uno al otro. Estaban tan cerca que casi podía notar el aliento de su amigo acariciándole el rostro.

Vera nunca sabría de dónde sacó el valor, pero, como cada vez que jugaban juntos, tomó la iniciativa. Recortó el poco espacio que los separaba y sus labios se encontraron por fin. Vera cerró los ojos para disfrutar del beso, que fue un poco torpe al principio, pero cargado de cariño. Acariciaron los labios del otro suavemente, casi como si tuvieran miedo, y fue Vera la primera en atreverse a utilizar la lengua para explorar los labios de Izan, que intentó no quedarse atrás, aunque Vera juraría que él también temblaba, quizá de nervios. Ella sentía todo su cuerpo palpitar de emoción, como si su corazón se hubiera convertido en una supernova y todo su calor se derramase por su cuerpo a oleadas. Notó que Izan buscaba su mano y dejó que entrelazase sus dedos mientras ambos ponían toda su alma en aquel beso.

Cuando se separaron un rato después, sus ojos volvieron a encontrarse y Vera no pudo evitar soltar un suspiro al que Izan respondió con una media sonrisa.

—Llevo todo el día deseando este momento —se atrevió a decirle.

—Y yo —respondió Izan—. Siento ser tan cobarde.

Vera sonrió y negó con la cabeza.

Izan no le dejó decir nada más, agarró su rostro con las dos manos para acercarla a él de nuevo y volvió a besarla. Vera apoyó su mano en el cuello de él y puso todo su corazón en aquel segundo beso, que seguía siendo experimental, aunque parecía que ambos iban ganando confianza en lo que hacían.

Había tenido sus dudas, aunque ahora se le habían despejado por completo y la certeza de que aquel también había sido el primer beso de Izan hacía que su corazón se estremeciese de ternura, aún más si cabía.

El mundo desapareció a su alrededor. Podría haberles pasado por encima un huracán y en aquellos instantes a Vera le hubiera dado igual. Tenía los cinco sentidos puestos en Izan y en cada roce que él le regalaba. En sus labios, que parecían haber encontrado el compás perfecto para acariciarse. En su piel y su cabello rubio, que era aún más suave de lo que había imaginado. En sus manos, que a veces le acariciaban el rostro o el cuello o se enredaban en su cabello. En su olor, que sabía que se quedaría pegado a ella y la perseguiría en sus sueños. En cada instante juntos y la certeza de que a aquellos besos les seguirían muchos más.

Tan centrados estaban el uno en el otro que, para cuando Vera quiso darse cuenta, la farola que había junto a aquel banco se encendió. Miró a su alrededor, casi confusa al darse cuenta de que se había hecho de noche.

—¿Qué hora es? —consiguió decir.

Izan, que estaba mirándola como si no hubiera nada en el mundo aparte de ella, reaccionó al escuchar su pregunta y buscó en el bolsillo de su abrigo para sacar su teléfono móvil.

—Son las siete —dijo—. Se hace de noche demasiado pronto, aún nos queda un rato antes de tener que ir a cenar.

—Vale —asintió Vera, un poco más calmada, acercándose a él de nuevo—. Pensé que igual era más tarde, ni siquiera me había dado cuenta de que era de noche.

—¿Tienes frío? —le preguntó Izan rodeándola con sus brazos—. Si quieres vamos a un bar a tomar algo.

Vera se acurrucó contra él y apoyó la cabeza en su hombro.

—Estoy mejor que nunca —le dijo en voz baja—. No quiero ir a ningún sitio.

Izan no respondió, pero Vera captó con total claridad el suspiro que escapó de su pecho. Se agarraron de la mano e Izan comenzó a acariciar el dorso de su mano con el pulgar.

Pasaron algunos minutos así, en silencio, mientras cada uno lidiaba con sus propios sentimientos y calmaba su corazón.

—¿Sabes? Creo que nunca estaré más agradecido a nada en la vida que a *Reinos de Alanar* —comentó Izan, y Vera se removió a su lado para erguirse un tanto y mirarlo a los ojos—. Primero hizo que nos conociéramos. ¿De eso hace cuánto? ¿Tres años?

—Cuatro —lo corrigió Vera—. Cuatro y medio en realidad.

—Y luego lo del finde pasado —siguió diciendo Izan soltando su mano para poder acariciarle el rostro—. Si no hubiera sido por la tontería de la realidad virtual, no hubiéramos coincidido.

—Yo también estoy muy agradecida a Reinos —añadió Vera—. Eres lo mejor que me ha pasado en mucho tiempo, ¿sabes?

Izan no respondió, solo se inclinó hacia ella y la besó una vez más. Vera sonrió en medio del beso, pero incluso se abrazó un poco a él, encantada por aquella nueva dinámica que la reconfortaba tanto por dentro.

El sonido de una moto que se acercaba hizo que todas sus alarmas se disparasen. Se separó de Izan frunciendo el ceño y miró hacia el lugar del que procedía el sonido. Más allá de la zona arbolada había un *parking* y en él acababa de detenerse una motocicleta roja en la que montaban dos jóvenes.

—Ay, no, no me fastidies —murmuró Vera tensa de pronto.

—¿Qué pasa? —preguntó Izan.

—Es la moto de Isma —explicó Vera—. El novio de mi hermano.

Izan asintió con la cabeza comprendiendo lo que quería decir Vera y se apresuró a soltarla, aunque ella no se lo hubiera pedido. La chica se irguió un poco y se acomodó el abrigo para sentarse mejor en el banco.

—Creo que ya es tarde para salir corriendo.

—¿Te molesta que nos vea juntos? —le preguntó Izan con curiosidad.

—No es eso, tío, si hasta te he presentado a mi madre —Vera soltó una risita nerviosa—. Es que sé que va a estar riéndose de mí un mes, aunque sea en venganza de todas las veces que he bromeado yo sobre sus parejas.

—Amiga... —dijo Izan estirando exageradamente la primera sílaba de la palabra.

Como Vera había temido, en el momento en que los dos chicos entraron en el parque en dirección a su portal, no tardaron en verlos y, aunque Diego no hizo más que saludarlos con la mano, Vera descubrió en él una sonrisa socarrona que le prometía comentarios embarazosos en cuanto estuvieran en casa.

—Estás roja como un tomate —observó Izan.

Vera se volvió para mirarlo, aún notablemente tensa, y rozó su rostro con el dorso de la mano consciente de que tenía mucha razón.

—Es que no sabes la que me espera —le dijo—. Que me la he ganado, pero...

—Pues sí, podríamos habernos ido a otro sitio o algo. Quedarnos tan cerca de tu casa era deporte de riesgo.

—No pienses que me avergüenzo, Izan. No quiero que nos escondamos para nada —explicó—. Es que lleva tanto tiempo con la cantinela de «a ver cuándo te echas pareja» que sé que no se va a callar en un mes ahora que sabe que tengo novio.

—¿Somos novios? —preguntó Izan.

Vera parpadeó un par de veces y su corazón le dio un vuelco en el pecho sin saber cómo encajar su pregunta.

—Sí, ¿no? —respondió tensa de pronto—. Aunque si tú no crees que...

—Calla, calla... —Izan se echó a reír de pronto y Vera lo miró con cara de circunstancias, pero él se incorporó un poco en el banco para agarrar sus manos—. Era una broma, ¿vale? Nunca he estado con nadie, no sé muy bien cómo van estas cosas.

—Yo tampoco —admitió Vera viendo confirmadas todas sus sospechas—. Tampoco quiero ir demasiado rápido, si crees que es mejor que no...

—Vera. —Izan hizo que se callara poniéndose de pronto tremendamente serio—. Claro que quiero que estemos juntos, eres mi mejor amiga, no hay nadie en el mundo en el que confíe más que en ti. Lo que siento por ti, lo que llevo sintiendo mucho tiempo, es mucho más que amistad. ¿Que no tengo ni idea de cómo van estas cosas? Pues no, pero eso no significa que no quiera estar contigo, al revés. Tengo miedo de meter la pata, ¿entiendes?

—Creo que sí. —Vera desvió la mirada hacia sus manos, que seguían aferradas entre ellos y las oprimió con cariño——. Yo tampoco quiero meter la pata, pero no quiero que volvamos atrás después de esto.

—Yo tampoco. Esta tarde ha sido genial y me muero por repetirla.

—Entonces... —murmuró Vera.

—Entonces, somos novios.

Izan no se ruborizó en esta ocasión y la tranquilidad con la que pronunció esas palabras hizo que Vera estuviera de pronto mucho más segura de todo lo que había pasado entre ellos. Sonrió. Se alegraba de que tuvieran la confianza para hablar de todo, no se imaginaba qué fácilmente podrían convertirse ciertas cosas en malentendidos si no se atrevían a hablarlas.

Sonrió y volvió a acercarse a él. Hizo que sus manos se soltasen para echarle los brazos al cuello, dispuesta a darle un beso que reafirmase sus sentimientos, estaba segura de que sería mucho mejor así que con cualquier palabra que pudiera decirle.

17

Vera nunca olvidaría el «¡te lo dije!» que le soltó su amiga Alma al día siguiente de haber quedado con Izan, cuando le dijo que quería que se viesen las dos, que tenía muchísimas cosas que contarle. Le narró el maravilloso día que pasaron juntos con pelos y señales y Alma disfrutó de cada cotilleo que le contó su amiga.

Y de todos los cotilleos que fue contándole día a día según la relación de ambos se afianzaba.

Izan regresó a Guadalajara al fin de semana siguiente y también al siguiente. Como le había dicho, no le importaría coger un tren cada día si fuera necesario con tal de verla, pero ambos eran conscientes de que sus obligaciones no se lo permitían, así que se conformaban con disfrutar cada sábado que pasaban juntos. A diario hablaban muchísimo, ya fuera por teléfono, ya fuera por WhatsApp, y Vera no sentía en absoluto que estuvieran lejos o vivieran una relación a distancia, aunque, para hacer honor a la realidad, estaba deseando volver a tener su ordenador para jugar juntos a *Reinos de Alanar*, y también para probar el set de realidad virtual que tenía cogiendo polvo en el armario.

El tercer fin de semana desde que estaban juntos, fue Vera la que decidió ir a verle a él y, aunque le daba miedo Madrid, Izan se aseguró de que aquel día fuera inolvidable para ella. Comieron en un restaurante que no podían encontrar en Guadalajara y, como en todos sus días juntos, sobre todo lo que hicieron fue pasear. Vera tenía la sensación de que también habían pasado muchísimo tiempo en el metro, solo porque Izan quería enseñarle El Retiro, aunque más tarde admitiría que recorrer aquel parque gigantesco agarrada de su mano fue una de las mejores cosas del fin de semana.

Como tantas otras veces, terminaron sentados en un banco, uno muy cerca del otro y compartiendo dulces besos pese al frío que indicaba que el invierno se acercaba a pasos agigantados.

—Quería hablar contigo del fin de semana que viene —dijo Vera en un momento dado, mientras estaba cómodamente acurrucada entre los brazos de Izan.

—Me toca a mí ir a verte, no te preocupes —la tranquilizó él.

—De eso quería hablarte. —Vera le dedicó una cara de circunstancias e Izan la miró preocupado de pronto—. El próximo finde es el puente.

—Es verdad, la Constitución —dijo Izan—. Así que ya viene diciembre.

—Sí, y le prometí a mi padre que bajaría a Granada a verle.

Izan hizo un gesto de comprensión con el rostro y asintió con la cabeza, aunque Vera no había terminado de explicarse. Estiró el brazo y acarició la mejilla de su compañero, gesto al que él respondió cerrando los ojos para disfrutar del roce.

—Había pensado... —empezó—. Si te apetece, podrías venirte. Así pasaríamos unos días juntos en el pueblo.

—¿Tú crees? —preguntó Izan, que la miraba sorprendido.

—Aún no se lo he preguntado a mi padre —añadió Vera dubitativa—. Quería hablarlo contigo antes, por si no te apeteciera. Pero, a ver, hay sitio y camas de sobra. Además, así no haría el viaje tan largo yo sola. No creo que le parezca mal.

—Claro que me apetece —respondió Izan—. No tenía plan para el finde, pensaba ir a verte, nada más.

—¿Y tus amigos?

—Los veo todos los días en clase y quedamos cada domingo para viciar a la consola. —Sonrió ampliamente—. Porque no me vean unos días no se van a olvidar de mi cara, tranquila.

—¿Y tus padres?

—Les preguntaré, pero no creo que me digan que no.

Vera asintió. Aunque la idea de pasar unos días juntos llevaba quemándole desde que su padre le había preguntado si pensaba bajar a Granada a verle en el puente, ahora que sabía que era posible, se había puesto estúpidamente nerviosa.

—El viaje es largo, eso sí —explicó—. Y Bubión es pequeño...

Dejó que Izan rodease sus hombros y la estrechase hasta poder darle un beso en la sien, como hacía muy a menudo.

—Sabes que me da igual, con que estés tú me vale —dijo finalmente y luego le sonrió y entonó una melodía—: hasta el final del mundo...

—¿Y más allá?

Izan estalló en carcajadas y Vera no pudo evitar reírse también.

—Eso era «hasta el infinito y más allá» —corrigió Izan entre risas—. ¿No eras tú la friki de Disney?

Vera frunció el ceño mientras Izan la miraba divertido.

—Hasta el final del mundo, hasta el final del mundo... —repitió pensativa—. ¿En serio es de una película de Disney?

—De mi favorita —declaró Izan muy convencido.

Vera desvió la mirada, tan concentrada que por un momento pensó que empezaría a salirle humo por las orejas. No solo es que no le sonaba aquella cantinela de ninguna película de Disney que hubiera visto —y estaba muy segura de conocerlas casi todas—, sino que no tenía ni idea de cuál era la película favorita de su compañero. ¿Se lo había mencionado alguna vez? Estaba quedando fatal con él.

—Es de *La princesa cisne* —resolvió Izan, apiadándose de ella, después de unos minutos.

—Ah, joder. —Vera lo miró enfurruñada—. Eso es trampa, esa no es de Disney.

—¿No la has visto? —preguntó Izan, que parecía ofendido de pronto.

—No me suena, tal vez siendo pequeña.

—Es divertidísima, te va a encantar —le aseguró—. Yo me encargo de llevarla para verla en tu pueblo, ¿te parece?

—Claro —asintió Vera—. Nunca te habías puesto así, más me vale que me guste, ¿eh?

—Sí, más te vale o me buscaré otra guerrera para recorrer Alanar.

Izan le dedicó una sonrisa burlona y Vera lo empujó con
cariño haciendo que él se echase a reír. Acabaron aquella
pequeña broma como siempre, compartiendo besos y risas.
Vera deseó de corazón que su padre le diera permiso para
que Izan la acompañase en el viaje del puente. Si cada minuto que pasaba con él se le hacía mágico, no se imaginaba
cómo sería un fin de semana entero con él, pero lo estaba
deseando.

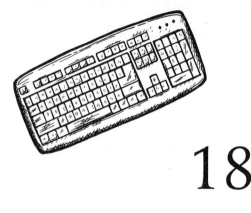

18

La conversación telefónica con su padre había sido una de las más tensas que Vera recordaba desde que tenía memoria. No era solo que no acostumbraba a pedirle cosas y, aunque el hombre le había ofrecido en muchas ocasiones que si le apetecía podía llevar a sus amigos a la casa del pueblo, en aquella ocasión tuvo dos tareas: hablarle de Izan por primera vez y contarle que era su pareja.

Él se había mostrado muy sorprendido y, aunque no le había dicho que no, le había soltado un «¿a tu madre le parece bien?» en tono inseguro. Vera había admitido que, aunque su madre sabía que salía con Izan, no le había dicho nada de sus planes de puente porque todavía no estaba segura de que le salieran adelante. Su padre había concluido la conversación con un «si a tu madre le parece bien, a mí también».

Así que, después de aquella llamada, Vera había ido a hablar con su madre para pedirle permiso y la charla había derivado en otro tipo de conversación. Una larga y aún más vergonzosa, en la que Vera casi le chilló a su madre si de verdad pretendía explicarle de dónde venían los niños a aquellas alturas. Aun así, y aunque su madre parecía tan avergonzada como ella, pasaron un rato hablando de anticonceptivos y de prácticas seguras, por más que Vera le aseguró una y mil veces que Izan y ella no habían tenido relaciones sexuales y ni siquiera habían hablado del tema.

«Bueno, para que estés preparada cuando suceda», concluyó su madre. «Esas cosas no se planean, surgen».

Verá comprendió entonces por qué su padre se había escandalizado tanto, ¿de verdad pensaban sus padres que se llevaba a Izan al pueblo para acostarse con él? No podía evitar ruborizarse de solo pensarlo y por un momento temió que él también lo hubiera interpretado de ese modo. Si lo había hecho, no le había dicho nada al respecto.

Aun así, fue incapaz de olvidar las vergonzosas conversaciones, por más ilusión y ganas que tenía de que pasasen algunos días juntos. Vera no sabía si tendría ocasión de enseñarle Granada, pero Izan le había dicho que no se preocupase por eso, que seguro que tenían más veces para ello. Que a él le bastaba con pasar los días juntos, que le enseñara el pueblo —por más que Vera le insistió en que era tremendamente pequeño— y quizá en dar algún paseo por los bosques que Vera le dijo que había cerca.

Al igual que ella, no parecía que Izan estuviera pensando en sexo cada vez que hablaban de las ganas de que llegase el jueves y, con él, el inicio del puente, sino de simplemente pasar más tiempo juntos del que podían últimamente. Aun así, por primera vez desde que habían empezado a salir,

Vera se encontró siendo incapaz de sacarle un tema de conversación y maldecía a su madre por haberle metido aquella nueva inseguridad en la cabeza. Era verdad que Izan la volvía loca y que despertaba en ella reacciones que nunca antes había experimentado, que gozaba con cada minuto a su lado y su relación iba tan viento en popa que cada día lo quería más.

Aun así, no estaba segura de estar lista para mantener relaciones sexuales y, cuando lo habló con Alma, su amiga fue muy sincera con ella.

—Tía, no os metáis prisa —le dijo—. Lleváis un mes saliendo juntos, no tenéis que echar ninguna carrera.

—Lo sé, pero ¿y si mis padres tienen razón?

—Izan es buen tío. Si la cosa se os va de las manos, seguro que entenderá que no estés lista. Además, puede que él tampoco lo esté.

—Es mayor que yo —hizo notar Vera.

—Un año —soltó Alma sorprendida de que a su amiga le preocupase la edad de repente—. A ver, chica, si me dijiste que para él tú también has sido su primer beso y que le costó tanto lanzarse que tuviste que hacerlo tú... ¿En serio crees que le va a dar menos vergüenza... eso?

Vera se dio cuenta de que su amiga tenía muchísima razón y su razonamiento la calmó inmensamente. Por más que su madre insistiera en que «esas cosas surgían», dudaba muchísimo que eso sucediera aquel puente. Aun así, se prometió a sí misma intentar hablar del tema con Izan en cuanto surgiese la ocasión. No se quedaba tranquila ocultándole sus inseguridades, sobre todo cuando no le había dado ninguna razón para temer hablar con él.

La mañana del jueves, cuando cogió el cercanías de camino a Madrid —porque la única manera de ir en tren hasta Granada partía desde allí—, Vera estaba nerviosísima. Se habían quedado hablando hasta altas horas de la madrugada y, aunque no se arrepentía, ahora lucía unas preciosas ojeras. Siempre hablaban de muchísimas cosas y, en aquella ocasión Izan había estado descargando las películas que pensaban ver a lo largo del puente. Aunque Vera pensaba que habían cogido demasiadas, él había preferido preparar de más para después poder elegir.

Cuando llegó a Madrid y se encontró con su compañero por fin, sus nervios quedaron en un completo segundo plano. Estaba tranquila con él, siempre se había sentido así, incluso desde antes de que empezaran a verse en persona. No pensaba dejar que nada arruinase esa confianza, ni tampoco esos días que iban a pasar juntos.

El viaje en tren era largo, pero para ambos fue apenas un suspiro. Escucharon música juntos y se rieron durante horas. Y también compartieron muchos besos. Tan feliz estaba Vera que, cuando llegaron a la estación de Granada, todas sus inseguridades habían quedado olvidadas y volvía a ser un cúmulo de mariposas e ilusiones. Izan le había confesado que le daba algo de vergüenza conocer a su padre, que temía que le mirase mal o algo, pero Vera había intentado tranquilizarle y, cuando se encontraron con él en la estación, las presentaciones parecieron bastante agradables.

La hora de viaje entre Granada y Bubión también se le hizo amena. Su padre se interesó mucho por cómo habían ido los primeros meses de curso y Vera no tuvo miedo de contarle todo lo que había aprendido en clase, especialmente de los talleres artísticos. Le habló de Alma y de que su vida había ido a mejor desde que estaban en Guadalajara y que se alegraba mucho de la decisión de la mudanza. También le preguntó a Izan sobre sus estudios al enterarse de que no era compañero suyo de clase, tal y como había dado por sentado, y el chico le explicó que estaba en 2.º de Bachillerato y que pensaba hacer un grado superior de Informática y Programación al año siguiente.

—Izan es amigo mío desde hace más de cuatro años, papá —le explicó Vera—. ¿Te acuerdas de *Reinos de Alanar*?

—¿El videojuego ese al que estabas tan enganchada? —aventuró el hombre sin desviar la vista del frente. Cada vez estaban más cerca de Bubión, pero el sol estaba poniéndose y la sinuosa carretera de montaña empezaba a estar oscura.

—Sí, pues conocí a Izan a través del juego hace tiempo, aunque nos desvirtualizamos en la Japan Weekend de Madrid.

—Ah, así que no es que os acabéis de conocer exactamente —comprendió el hombre.

—Qué va —Vera miró a Izan de reojo desde el asiento del copiloto—. Lleva siendo mi mejor amigo muchos años.

El chico asintió con la cabeza y sonrió. Aunque resultaba evidente que le costaba coger confianza con su padre, tampoco parecía especialmente incómodo. Estaba deseando volver a quedarse con él a solas para preguntarle si todo estaba bien, pero, por otro lado, se dio cuenta de que también había echado de menos a su padre y de que estaba disfrutando la conversación.

Cuando aparcaron el coche junto a la trastera de la casa y Vera bajó del coche, descubrió que Izan observaba a su alrededor con curiosidad y ojos brillantes.

—¿Qué te parece?

—Muy blanco —observó Izan y Vera no pudo evitar soltar una carcajada—. ¿Qué? Parece bonito, pero de momento esa es mi primera impresión. Te recuerdo que cuando te pregunté qué te parecía Madrid, me dijiste «demasiado grande».

Vera le empujó con cariño e Izan se echó a reír también.

—Luego damos una vuelta y te lo enseño —le dijo—. A ver si así tienes una opinión un poco más completa.

—No tengas prisa, Vera —la reprendió su padre rodeando el coche para abrir el maletero—. Ya se hace de noche y baja el frío. Mañana tendréis tiempo de sobra para paseos y lo que queráis.

—Tiene razón, mañana tenemos todo el día por delante —concedió Izan acercándose a por su maleta.

«Y pasado», pensó Vera. Aún le costaba creerse que pasarían tantos días juntos, hasta el domingo que tuvieran que regresar a casa.

No tardaron en meter las maletas y la compra que el padre de Vera había hecho en Granada. Vera enseguida se dio cuenta de que, como había anunciado su padre, hacía bastante frío. No le extrañó. Bubión era un pueblo modesto en las montañas, su casa era la típica: no demasiado grande, con muebles tan antiguos como la casa, que era de la época de cuando sus abuelos eran jóvenes. Toda la decoración que había en las paredes era artesanal, desde tallas y maquetas —como la última del Halcón Milenario que habían ter-

minado juntos y que adornaba el mueble del comedor—
hasta algunos cuadros de paisajes que sabía que había
pintado su abuela. Su padre mantenía la casa limpia y orde-
nada, pero desde que vivía solo allí apenas utilizaba su dormitorio y las estancias principales. Tanto su habitación
como la de su hermano estaban igual desde que eran niños.

Vera guio a Izan a la planta de arriba, dispuesta a enseñarle los dormitorios y a que dejasen el equipaje, pero enseguida se dio cuenta de que su padre los seguía.

—He preparado tu habitación y la de Diego —explicó
el hombre lanzando una mirada de circunstancias a su
hija—. Creí que era lo mejor.

—Sí, también lo había pensado, no te apures, papá
—respondió ella—. Gracias por encargarte, podríamos
haber hecho nosotros las camas.

—Muchas gracias —dijo Izan a su vez.

—Voy a ir encendiendo la lumbre para caldear un poco
—añadió el hombre antes de volver a bajar las escaleras.

—¡Vale! —respondió Vera.

Cuando se volvió para mirar a Izan, se dio cuenta de que
él estiraba el cuello para echar un vistazo a la habitación,
aún con la abultada mochila en la que llevaba sus cosas colgada del hombro.

—Sí, esa es la de mi hermano —le confirmó Vera.

Izan asintió y entró en la habitación. Como había dicho
su padre, se notaba que había limpiado y recogido, incluso
había dejado unas mantas y toallas limpias en la silla del escritorio.

—No sé qué tal es la cama —confesó Vera—. Veníamos
aquí todos los veranos hasta el divorcio de mis padres, pero

después mi hermano no ha vuelto mucho por aquí. Espero que estés cómodo.

—Seguro —asintió Izan dejando su equipaje en el suelo.

Le sonrió y Vera volvió a dejar las preocupaciones de lado. Se acercó un poco más a él y lo besó. Izan la aferró de la cintura y correspondió al gesto de buena gana. Terminaron los dos abrazados, compartiendo calor sin decir nada, y Vera fue consciente, una vez más, de lo afortunada que era de haber encontrado a alguien que la calmase como solo Izan lo hacía.

19

Cuando Vera se asomó a la habitación de Izan para desper-
tarlo a la mañana siguiente, eran las nueve de la mañana y lo
encontró con su teléfono móvil, aún metido en la cama. No
pudo evitar sonreír.

—Buenos días —le dijo desde la puerta—. Podrías haberme despertado.

—Buenos días.

Izan le devolvió la sonrisa y se incorporó haciéndole un
gesto para que se acercase. Vera obedeció y se sentó en la
cama a su lado.

—Tranquila, tampoco llevo mucho rato despierto.
Además… —Miró hacia la puerta y bajó la voz—. Me da
un poco de cosa, creo que tu padre ha dejado bastante claro
que quiere que durmamos separados.

Vera desvió la mirada sintiendo que se sonrojaba. Había
comprendido de sobra que su padre, por más que su madre
hubiera dado vía libre para el viaje, no terminaba de estar

cómodo con la idea de que ella tuviera novio y ambos durmieran bajo el mismo techo.

—Ya sabes —le respondió en el mismo tono de voz—. Soy su niña pequeña y creo que piensa que tú y yo… ya sabes.

Vera fue consciente de que Izan contenía el aliento, pero aun así no desvió sus ojos de ella, aquellos ojos azules que la hipnotizaban y que estaban especialmente bonitos cuando él se azoraba.

—Ya, entiendo —dijo apenas en un susurro.

Aun así, y aunque parecía algo cohibido, se inclinó hacia ella para besarla. Vera sintió que se derretía entera una vez más y no pudo dejar de pensar que la situación seguía haciéndosele un tanto extraña. Estar juntos, en pijama, dormir en la misma casa, pero en habitaciones separadas, tener cuidado de cuándo compartían besos para asegurarse de que su padre no estuviera cerca… No dejaba de resultar extraño, pero aquellos besos furtivos que llevaban compartiendo desde la tarde anterior le sabían especialmente ricos.

—¿Vamos a desayunar? —preguntó Vera cuando se separaron.

Izan asintió, pero le dio un último beso rápido, antes de que Vera se levantase de la cama y se acercase a la ventana para retirar las contraventanas de madera. Entonces oyó un silbido de admiración y se volvió para mirar a Izan extrañada. El chico se había levantado de la cama y observaba detrás de ella mientras se calzaba.

—Menudas vistas, ¿no?

—Bienvenido a la Alpujarra —declaró Vera apartándose un poco para permitir que se acercase.

Pero Izan la agarró de la cintura y tiró de ella para ponerse a sus espaldas y apoyar la barbilla en su hombro mientras los dos miraban por la ventana. Bubión estaba en la ladera de la montaña y la habitación de su hermano tenía unas vistas espectaculares del amplísimo valle que se extendía ante ellos.

—Tenías que verlo nevado, o en primavera —susurró Vera—. El bosque se pone precioso y hay mucha tranquilidad.

—Me dijiste que había naturaleza, pero no me esperaba esto —admitió Izan.

—Te dije que te gustaría.

Izan le dio un beso en la mejilla y Vera giró el rostro para besarlo en los labios.

Bajaron a desayunar y se encontraron con una nota de su padre que les decía que le había surgido una cosa y que no le esperasen para comer.

—Bueno, pues tenemos todo el día para nosotros —concluyó Vera.

—Desayunamos y me enseñas el pueblo, ¿vale?

—Sí, mejor dejamos las pelis para cuando se vaya la luz.

Izan estuvo de acuerdo con su manera de pensar y, mientras Vera preparaba el desayuno, otra idea acudió a su mente y no pudo evitar echarse a reír.

—A veces te juro que no entiendo a mis padres —le dijo cuando él la interrogó con la mirada—. ¿Me puedes explicar la lógica que tiene no permitirnos dormir juntos por si nos acostamos, pero luego dejarnos todo el día solos?

Izan hizo un gesto de valoración con el rostro. Al final sacudió la cabeza y sonrió mientras se encogía de hombros.

—En su cabeza tendrá sentido.

Vera no pudo estar más de acuerdo, pero, en ese caso, tenía sentido en su cabeza y en ninguna más. Aprovechó el tono de la conversación para tantear un poco a Izan. Él no parecía nervioso ante la idea de que se hubieran quedado a solas, quizá algo más relajado por no tener que estar pendiente de su padre. Al final Alma tenía razón y se había preocupado para nada; no parecía que su compañero tuviera otras ideas en su mente más allá de pasar el fin de semana juntos. Si estaba ansioso por algo, era por salir a ver el pueblo y dar una vuelta por el bosque.

Pasaron la mañana visitando Bubión y sus calles estrechas y porticadas. Izan admitió que era muchísimo más bonito de día, aunque seguía llamándole la atención la estética de aquellas casas encaladas, demasiado blancas, y las macetas llenas de plantas coloridas a las puertas de las viviendas y en los callejones. Vera le llevó a sus sitios favoritos y terminaron recorriendo parte de una ruta de senderismo que discurría por el bosque.

Fue una mañana muy especial. Hacía muchísimo que no disfrutaba tanto del pueblo y también que no sentía ganas de perderse en el bosque, sencillamente porque ir sola con su padre hacía años que había dejado de tener gracia. Cuando iba allí los fines de semana solía aprovechar para hacer tarea y estudiar, pero redescubrió junto a Izan la belleza de muchos lugares que casi había olvidado o cuyo recuerdo tenía distorsionado. Volvió a llenar el *smartphone* de fotos, de las cuales sus favoritas eran aquellas en las que aparecían juntos y subió algunas a las redes sociales.

Había sido una mañana maravillosa y cuando volvieron a la casa los dos estaban cansados de tanto caminar, pero muy contentos. Prepararon una comida sencilla y después Vera se afanó tratando de encender la chimenea del comedor mientras Izan conectaba el disco duro que había traído al televisor para poder ver una película.

—Listo —dijo el joven, después de terminar la configuración y lograr que se viera lo que él quería en la pantalla—. ¿Necesitas ayuda?

—Se le da mejor a mi padre que a mí —admitió Vera.

Izan se acercó y se arrodilló junto a ella dispuesto a echarle una mano. Entre los dos consiguieron hacer lumbre, aunque Vera no estaba segura de que no se les apagase, por lo que subió a la planta de arriba a por una manta gruesa y, cuando bajó de nuevo, Izan le sonreía.

—¿Qué peli quieres ver? —le preguntó.

—Ah, no sé —respondió Vera—. Pensaba que querías ver esa-peli-que-no-es-de-Disney.

Izan se echó a reír y asintió, mientras buscaba *La princesa cisne* de entre todas las que había llevado.

—Te juro que te va a gustar —le dijo—. Es una joya infravaloradísima.

—Si no digo que no, por lo general me gustan todas las pelis de dibujos —respondió Vera quitándose los zapatos para acomodarse a su lado—. Pero no es de Disney.

—Protestona.

Vera zanjó la discusión sacándole la lengua e Izan le dio un empujón que hizo que Vera contraatacase intentando hacerle cosquillas.

Terminó por acurrucarse a su lado mientras la película comenzaba y descubrió que era comodísimo estar tumbada en el sofá apoyada en su pecho. La peli le resultó más divertida de lo que había esperado y también descubrió a qué canción pertenecía exactamente aquel «hasta el final del mundo» que le había dedicado semanas atrás.

Cuando terminó la película, lo miró con ternura e Izan le devolvió el gesto acariciando su rostro y apartándole el pelo de la cara.

—¿Te ha gustado? —le preguntó el joven, mientras los créditos recorrían la pantalla y el tema principal volvía a sonar.

—Sí —concedió Vera. No iba a decirle lo que de verdad pensaba, que la película estaba bien, pero que verla con él tenía un significado especial—. ¿Sabes? No pensaba que fueras tan romanticón.

—Lo dices como si fuera malo —replicó Izan—. ¿Qué pasa? ¿Como soy chico no pueden gustarme las películas de este estilo?

—No me refería a eso —lo tranquilizó Vera sonriente—. Es que me gusta cada nueva cosa que descubro de ti.

—Anda, boba.

Vera descubrió que Izan trataba de ocultar que había vuelto a ruborizarse y ella le impidió apartar la mirada estirando la mano para agarrar su barbilla y mantener sus ojos sobre ella.

—Es verdad —le dijo suavemente—. Te quiero muchísimo, pero cuando pienso que no puedes gustarme más haces algo que me fascina y te quiero todavía más.

Izan tragó saliva y Vera vio que se sonrojaba aún más. Eran sinceros el uno con el otro y habían hablado de ello muchísimas veces, pero era verdad que a veces era más fácil escribir «te quiero» que decírselo al otro a la cara. No sabía por qué, de pronto no se le hacía complicado, tal vez fuera porque llevaban tantas horas juntos, o quizá por la película, pero sentía hasta la última palabra de lo que le había dicho.

Izan se inclinó para besarla y Vera se incorporó un poco más para llegar mejor a sus labios, de tal modo que terminó tumbada encima de él en el sofá, ambos tapados por la manta y al calor de la lumbre. Se dejó envolver por los brazos de Izan y acarició su cuello con infinito cariño depositando sobre su piel algunos besos suaves. Perdieron la cuenta del tiempo que pasaron así, pero el sonido de unas llaves en la puerta hizo que se separasen precipitadamente, alterados y con las mejillas como la grana.

—¡Ya estoy en casa! —saludó el padre de Vera desde la puerta.

—¡Hola, papá!

Izan la miró de soslayo y Vera se dio cuenta de que respiraba hondo, por lo que sonrió e hizo lo mismo. Había sido un momento muy intenso, era una lástima que su padre hubiera vuelto a casa justo en ese instante.

Pusieron la siguiente película y Vera volvió a acomodarse sobre el pecho de Izan disfrutando una vez más de la sensación de tenerle a su lado.

Su padre no les molestó mientras duró la película —una de las últimas del universo de Los Vengadores que ninguno de los dos había visto—, salvo para avivar el fuego que habían encendido en la chimenea y que ya languidecía. Cuando la película terminó, prepararon la cena entre los tres y cenaron juntos. Los chicos le contaron lo que habían hecho aquel día y le explicaron que planeaban hacer una ruta de senderismo a la mañana siguiente. Vera estaba segura de que llegarían a casa a la hora de comer, pero su padre les insistió en que se preparasen bocadillos antes de marcharse y finalmente tuvieron que prometer que lo harían.

Después de la cena, fue la ocasión de su padre de poner una serie y ambos se refugiaron en el dormitorio de Vera. Se tumbaron en la cama y pasaron horas charlando y viendo vídeos en los teléfonos móviles antes de que Izan acariciase el rostro de Vera con cariño.

—Te estás quedando dormida —le susurró.

—Solo un poco —admitió la joven.

Izan sonrió y le dio un último beso en los labios, antes de levantarse de la cama y estirar la espalda.

—Pues a dormir y mañana más, señorita.

—Sí, descansa —respondió Vera.

Izan salió de la habitación y cerró la puerta tras de sí. Vera se incorporó hasta quedar sentada en la cama, adormilada, y tras pelear un poco consigo misma salió a lavarse los dientes. Se dio cuenta de que su padre ya se había ido a dormir, pero tampoco le extrañó no haberle oído. Parecía que, pese a sus reticencias, el hombre estaba dispuesto a no molestarles.

No tardó en regresar a la habitación y meterse en la cama, aunque aún pasó un rato en las redes sociales y hablando con Alma, que parecía muy interesada en los avances de la que ya llamaba «su telenovela favorita». Le contó todo el día con pelos y señales, cada cosa que habían visto, pero puso especial interés en todo lo que había sentido, a lo que Alma le decía que sería la envidia de todas esas princesas que tanto le gustaban. Y Vera estaba muy de acuerdo. Sobre todo, porque nunca hubiera pensado sentirse así.

Hacía apenas unos meses vivía en automático, hacía lo que debía hacer y ya está, sin importarle nada más que su videojuego favorito. Ahora tenía mucho más de lo que había soñado: tenía una mejor amiga que la quería y escuchaba de verdad, estudiaba exactamente lo que siempre había deseado y estaba enamorada del chico más maravilloso del mundo.

Cuando se lo dijo a Alma, su amiga le respondió con *gifs* de unicornios vomitando arcoíris y Vera no pudo evitar reírse en voz baja.

Entonces escuchó unos golpecitos en la puerta y se incorporó un poco, más sorprendida que sobresaltada.

—¿Sí? —preguntó.

Izan abrió la puerta y se asomó iluminando a su paso con la linterna del móvil que mantenía baja.

—¿Pasa algo? —le preguntó Vera en un susurro, preocupada.

—¿Puedo pasar? He visto que seguías en línea y… —respondió él en el mismo tono.

—Claro, cierra. Estaba hablando con Alma.

Izan obedeció, cerró la puerta con cuidado tras él y se acercó más a la cama.

—¿Quieres que encienda la luz? —preguntó Vera al ver que seguían alumbrándose con sus respectivos móviles.

—No hace falta —respondió Izan—. Es que quería hablar contigo.

El corazón de Vera dio un vuelco, pero se apresuró a dejarle espacio apartándose hasta dar con la pared y abriendo la sábana para que él entrase a su lado.

—Ven, anda —le indicó.

Izan no dejó que se lo repitiera. Apagó la linterna del teléfono y lo dejó en la mesilla antes de meterse en la cama con ella. No dijeron nada enseguida, pero Vera se aseguró de que ambos estuvieran completamente arropados por las mantas, sobre todo cuando se acurrucaron y notó que su compañero tenía los pies helados.

—¿Qué pasa? —le preguntó finalmente en un susurro.

—Que soy bobo, eso me pasa —respondió Izan y Vera adivinó por su tono de voz que en su rostro habría una media sonrisa nerviosa—. He empezado a darle vueltas a la cabeza y bueno… Que no es nada malo, no te preocupes. En realidad, podría haber esperado a mañana, pero me he metido en WhatsApp, he visto que estabas en línea y he seguido un impulso.

Vera asintió, aunque sabía que en la completa oscuridad de su habitación él no podía verla.

—Vale, jo, no me asustes así —susurró Vera.

—Lo siento, lo siento.

Izan terminó sus palabras acercándose más a ella y Vera, en la oscuridad, no vio venir el beso que la pilló por sorpresa y la hizo suspirar. Cuando se separaron, Vera se acercó más a él e hizo lo que llevaba haciendo toda la tarde, acurrucarse en su pecho, gesto que Izan acompañó acariciándole la espalda con el brazo que la rodeaba.

—Es que hay algo que quería decirte —continuó Izan y Vera sintió que se le aceleraba el pulso de la expectación—. Sabes que soy un cobarde, pero estoy dispuesto a combatir mis miedos.

—¿Qué quieres decir? —preguntó Vera y notó su propia voz algo más aguda, quizá algo temblorosa.

Izan no respondió enseguida, sino que respiró hondo y Vera pensó que, si la situación seguía así, terminaría por explotar. ¿Qué sería aquello que quería decirle? ¿Al final sus padres tenían razón?

—Te quiero, Vera —pronunció Izan finalmente—. Te quiero con todo mi corazón y siento no habértelo dicho antes.

—Ay, Izan...

Vera se estrechó más contra él, en un abrazo que pretendía devolverle aquel cariño que él le estaba regalando, pero su compañero no había terminado de hablar.

—Esta tarde, cuando tú me has dicho que me querías, me he quedado paralizado, abrumado —continuó—. Porque muchas veces me abrumas, Vera, y yo no sé qué hacer. Hubiera querido responderte, decirte que yo también te quiero, que llevo más tiempo enamorado de ti del que puedo recordar... pero es que a veces no me salen las palabras. Y me he quedado dándole vueltas, en la cama, sin poder dormir, y quería decírtelo. No por WhatsApp, ni por el ordenador, a ti.

—Izan... —repitió Vera—. Ahora soy yo la que no tiene palabras.

—No hacen falta, solo quería que lo supieras.

Vera se removió a su lado e Izan aflojó su abrazo para dejarla moverse, de tal modo que Vera buscó su rostro en la oscuridad con las manos y volvió a besarlo. Acarició sus labios con suavidad, con dulzura, tratando de transmitirle lo que no podía expresar con palabras, porque sentía que no había suficientes para decirle todo lo que él significaba para ella.

Izan no se quedó atrás, la rodeó con los brazos y se entregó al beso abrazándola aún más fuerte. Pronto los besos se volvieron más intensos y Vera se pegó más a Izan, tanto que al cabo de un rato terminó tumbada sobre él a horcajadas. Izan no protestó, se acomodó en la cama y se aseguró de que ambos siguieran cubiertos por las mantas mientras compartían besos cada vez más apasionados pero repletos de cariño. La oscuridad parecía su aliada en aquel momento de caricias furtivas, aunque cuando notó que las cálidas manos de Izan acariciaban su espalda por debajo del pijama, Vera se estremeció entera y dejó de besarle.

—Izan, te quiero —susurró.

Se apartó un poco de él y respiró hondo, aunque se sintió un poco mejor cuando oyó que Izan hacía lo mismo, como si le faltara el aliento.

—Yo también te quiero, Vera —respondió él con la respiración alterada—. Más de lo que he querido a nadie. Tanto que a veces me asusta.

Vera sonrió para sí misma, pero no acertó a responder enseguida. Estaba aprovechando el momento de charla para calmarse a sí misma. Era muy consciente de la situación, de lo alterados que estaban ambos y de que tenía tanto calor que casi le sobraban las mantas. Y notaba que no era la única que estaba así, sino que Izan ardía lo mismo que ella, podía percibirlo a través de la delgada tela del pijama.

—¿Te asusta? —repitió poco dispuesta a dejar que muriera la conversación.

—Me asusta lo que provocas en mí —explicó Izan, con voz dulce y pausada, como si también estuviera midiéndose a sí mismo—. Me haces perder la cabeza, ¿sabes?

—Me pasa, casi… casi sería capaz de perder el control.

Volvió a besarle e Izan respondió a su gesto, pero entonces notó que tiraba de su cintura, separándola un poco de él. Se acomodó sobre su cadera quedando casi más sentada sobre él que tumbada y haciendo que las mantas cayesen a su espalda.

—No quiero que perdamos el control, Vera —dijo Izan con suavidad—. Quiero que, pase lo que pase, sea porque los dos queremos.

Apoyó las manos sobre sus caderas y Vera respiró hondo una vez más echándose sus rizos negros hacia atrás. Comprendía las opciones que él estaba poniendo sobre la mesa y se preguntó cómo era capaz de exponer algo así cuando normalmente era tan tímido. Sin duda ambos estaban alterados, lo más alterados que habían llegado a estar juntos y agradeció que tuvieran la confianza de parar aquello para hablar.

—¿Qué es lo que quieres que pase? —le preguntó tratando de calmar los latidos de su corazón.

—Yo he venido con intención de hablar contigo, no venía buscando nada más —aseguró Izan, mientras volvía a acariciar su piel bajo la camiseta del pijama, rozando su vientre en una caricia cariñosa que, sin embargo, despertaba mucho más en Vera—. Ahora mismo estaría dispuesto a todo, pero no quiero que pienses que estoy aprovechándome o algo así.

—No lo pienso, tranquilo. —Vera volvió a inclinarse hacia él para darle un beso breve—. Yo... Izan, me pasa como a ti. Ahora mismo solo deseo que sigas acariciándome, que no pares de hacerlo en toda la noche... —Respiró hondo—. Pero también creo que todavía no estoy preparada.

—Puedo acariciarte y tú a mí —tanteó Izan. Estiró el brazo para apoyar la palma de su mano en el cuello de su compañera y acariciar su piel una vez más—. No tiene por qué pasar nada más, solo tenemos que tener claros los límites. Te quiero y te daré solo lo que tú quieras.

—Si seguimos así, me volveré loca —murmuró Vera agarrando su mano y haciendo que sus dedos se entrelazasen—. No sé si querría parar si cruzásemos el límite.

—Me pasa, no te voy a decir lo contrario —admitió Izan soltando una risita baja—. Ya te lo he dicho, me vuelves loco.

Volvieron a besarse, dulce y largamente, pero Izan no volvió a rozar su piel por más que Vera deseaba que lo hiciera.

—Has dicho que me darías lo que yo quisiera —dijo Vera deteniendo aquel frenesí de besos una vez más y apartándose un poco de él hasta quedar de nuevo tumbada en la cama—. ¿Y si te pidiera que te quedaras a dormir conmigo esta noche?

—Te diría que lo haría encantado —respondió Izan—. El que no sé si estaría tan encantado es tu padre.

Vera sonrió para sí misma.

—Él no se enterará —dijo muy convencida—. Y si no ya le explicaré yo que tiene una hija virgen y que no tiene de qué preocuparse.

Izan soltó una carcajada baja, como si fuera consciente de que no debía armar escándalo.

—No te veo soltándole eso a tu padre —le dijo.

—Bueno, tú déjame a mí —insistió Vera.

Le dio la espalda y se acomodó en la cama, a la espera de que él se acercase de nuevo a ella.

—En tal caso... —susurró Izan—. Buenas noches, mi amor.

Vera comenzó a derretirse ante la dulzura de su voz, pero cuando notó el beso que él depositó en su cuello y que se acurrucaba contra ella terminó por morir de ternura. Cuando Izan dejó de moverse, después de envolverla con sus brazos, Vera sonrió. Sin duda, era la chica más feliz del mundo.

20

El paso de las semanas trajo consigo otra cosa más que el frío a la vida de Vera, trajo los exámenes del primer trimestre. Aunque les costó decidirlo, optaron por no verse en los dos fines de semana siguientes al puente de diciembre. Vera lo echaba muchísimo de menos, pero ambos necesitaban hincar codos y sabían que la recompensa sería notable, teniendo todas las Navidades libres y, sobre todo, no cabreando a sus padres. Vera sabía bien que su madre sería más exigente que nunca con las notas después de haberle otorgado tantas libertades en las últimas semanas. Y no quería decepcionarla.

De ese modo, no volvieron a verse hasta uno de los primeros días de vacaciones de Navidad, cuando por fin, con las notas en la mano, pudieron reencontrarse. En esta ocasión, Alma le había pedido ir a Madrid con ella, quedar también con el resto de amigos de Izan y hacer algo todos juntos. En resumen: pasar un día divertido para desconectar de los exámenes finales.

Se lo pasaron genial, aunque Izan y ella también echaron de menos algunos momentos a solas. Lo cierto era que se rieron muchísimo, sobre todo cuando decidieron ir a patinar sobre hielo. Vera nunca había patinado, ni sobre hielo ni fuera de él, y fue Izan quien se encargó de enseñarle con paciencia mientras sus amigos hacían el imbécil. Así descubrió que su amiga Alma había hecho algunos años de patinaje artístico y lo cierto es que los dejó flipando a los cinco.

Fueron buenos momentos, aunque después de haber pasado aquel puente juntos y haber estado sin verse dos semanas, Vera hubiera deseado pasar muchísimo más tiempo con Izan. Si logró coger el tren sin echarse a llorar fue por una promesa sencilla que le hizo su compañero: «nos veremos antes de que acabe el año, te lo juro».

De ese modo, Vera aguardó casi impaciente a que llegase y pasase la Nochebuena, fecha que aquella vez fue especialmente melancólica para ella. Estaban muy lejos de Granada por primera vez, y el trabajo de su hermano y su madre no les permitía viajar al sur para ver al resto de la familia. Así que cenaron los tres juntos y llamaron por teléfono a su abuela para charlar un buen rato con ella, que les dijo que estaba deseando volver a verlos a los tres.

Después intercambiaron los regalos de Navidad. Vera había comprado regalos sencillos: una colonia para su hermano y un pijama para su madre. Por su lado, recibió una taza con las orejas y el lacito de Minnie Mouse de parte de su hermano. Su madre fue bastante más misteriosa al respecto y cuando abandonó el salón y Diego la miró con esa sonrisa traviesa, supo que estaba metido en el ajo. La obligó a ponerse en pie y, tras darle unas vueltas en el sitio, le tapó los ojos con las manos.

—¡Diego, para!

—Calla, gruñona —la pinchó su hermano.

—¡Listo! —anunció su madre dando un grito.

Diego la empujó sin permitirle ver y Vera manoteó en el aire desconfiada. Conocía a su hermano y, aunque le quería, no le extrañaría que le hiciera comerse una pared, aunque fuera en broma. No hacía falta ser una maestra en orientación para descubrir que los pasos que le hizo dar dentro del apartamento la guiaban derecha a su habitación. Aun así, aguardó expectante preguntándose para qué tanto paripé.

—Hale, feliz Navidad —anunció Diego retirando las manos por fin.

Vera abrió los ojos y chilló de la emoción al ver lo que su madre y su hermano le habían preparado. Porque sobre su escritorio brillaba con luces led de color rojo una nueva torre de ordenador. Reconocía la pantalla, que llevaba demasiado tiempo guardada vete tú a saber dónde, y también los periféricos eran los antiguos, pero aquella torre resplandecía de lo nueva que era. Y funcionaba, que era lo más importante. La pantalla del ordenador estaba encendida, esperando por ella, y Vera casi tuvo ganas de echarse a llorar.

—¡Gracias, gracias, gracias! —chilló.

Se lanzó tan emocionada a los brazos de su madre que estuvo a punto de hacerla caer al suelo, aunque la mujer se echó a reír.

—¡Dale las gracias a Diego también! —consiguió decir cuando su hija la soltó—. Lo ha elegido él, que yo no entiendo de estas cosas.

Vera miró a su hermano, que seguía con esa sonrisa suya, aunque esta vez sí que vio algo más de cariño que burla en su mirada.

—¡Muchísimas gracias! —le dijo lanzándose sobre él para abrazarlo.

—De nada, canija —respondió Diego revolviéndole el pelo—. Ya te hacía falta, además quiero recuperar mi ordenador.

Se echaron a reír y Vera ni siquiera protestó por que su hermano la hubiera despeinado, aunque odiaba que lo hiciera y él lo sabía. Apenas podía controlar la emoción que sentía por su regalo nuevo. Se sentó en la silla de escritorio y acarició el metal lacado en negro de la torre del ordenador. No solo era nuevo, sino que parecía bastante potente y, aun así, los ventiladores sonaban la mitad que los de su viejo ordenador.

—Es gama media —explicó su hermano—. Podrá de sobra con ese juego tuyo y con todos los programas de edición que quieras instalar. Se lo dije a mamá, que, si iba a comprarte un ordenador, que fuera uno que te aguantase toda la carrera. Y por lo que sé, como mínimo te tocará utilizar Photoshop e Illustrator. No íbamos a comprarte algo que se te quedara obsoleto en un pestañeo.

—No sé cómo daros las gracias, de verdad —repitió Vera.

—Aprobando todas —dijo su madre saliendo de la habitación—. Con eso me conformo.

—Ya sabes —dijo su hermano dándole un codazo.

—Eh, que no he suspendido nada —protestó Vera.

—Ya, pero el Inglés raspado. Más te vale ponerte las pilas.

Vera gruñó, aunque sabía que su hermano tenía razón. Al final le tocaría pedirle ayuda a Izan, aunque la perspectiva no le desagradaba en absoluto, pues significaba que tendrían una excusa más para seguir pasando rato juntos, incluso *online*.

—Ahora apaga —aconsejó Diego—. Sé que tienes ganas de probarlo, pero déjalo para mañana. Vamos con mamá, que es Nochebuena.

Vera volvió a echar un vistazo al ordenador y luego miró a su hermano.

—Dame un minuto que dejo instalando una cosa.

—Un minuto.

Diego se marchó de la habitación y la dejó a solas, por lo que Vera se apresuró a entrar en la página web de *Reinos de Alanar*. Sabía que tardaría un rato en descargar el juego y otro buen rato en instalarlo, así que podía dejarlo listo por la noche y así jugar por fin a la mañana siguiente.

La pantalla de descarga apareció finalmente ante ella y un precioso 1% que sabía que tardaría horas en llenarse. Cogió su móvil y sacó una foto a su impecable torre nueva, para después mandársela a Izan por WhatsApp.

> Mira lo que me ha traído Papá Noel.

> ¡¡¡Qué pasada!!!
> Sí que has sido buena este año, ¿eh?

> ☺
> Dile a Efarin que Sandalveth le ha echado mucho de menos.

> ¿A qué hora quieres que se lo diga?

> Mañana por la mañana.

> Ahí estaremos.

* * *

Antes de atreverse a enchufar el set de realidad virtual, Vera decidió volver al juego con métodos tradicionales. Sabía que habría perdido práctica, pero no había nada que no pudiera recuperar en poco tiempo. Regresar a *Reinos de Alanar* era como volver a casa después de un largo viaje.

Aquella vez, además, ya habían implementado una novedad. No hizo falta que Izan se lo dijera más que una vez para que Vera instalase Discord y, cuando Efarin y Sandalveth se reencontraron, no hubo necesidad de usar el chat del juego porque se escuchaban el uno al otro.

—Es una pasada que el ordenador pueda con todo —dijo Vera acercándose el micrófono de los auriculares a la boca. Eran unos que tenía guardados desde hace años, de uno de sus primeros teléfonos móviles y dudaba que se la oyera bien—. Y las texturas, y el juego. Creo que podría contar los pelos que tiene Sanda en la cabeza.

—¿Seguro que no quieres probar la realidad virtual?

—Luego, en un rato. Ahora llévame a la zona nueva, anda, estoy deseando ver qué hay debajo del agua.

—Tienes que hacer la cadena inicial —indicó Izan—. A no ser que quieras que Sanda se ahogue.

—Vale, voy a la capital entonces —aceptó Vera—. ¿Tú qué vas a hacer?

—*Rushearme* el Palacio de los Elfos Rubí.

—¿Sigues con eso? —Vera no pudo evitar echarse a reír.

—Qué le voy a hacer, el mamón del Magister no me suelta el bastón.

La puerta de su habitación se abrió de golpe y Vera dio un salto en la silla sobresaltada.

—¿Te ríes sola, loca? —dijo Diego desde la puerta mirándola extrañado.

—Estoy hablando con Izan —respondió Vera.

—¡Hola, Diego! —saludó Izan a su vez.

—Te dice hola, por cierto —transmitió Vera dejando de mirar a su hermano para volver a centrarse en la pantalla.

—¿Él me oye? —preguntó su hermano, y Vera notó que se apoyaba en el respaldo de su silla—. ¡Ey, Izan, feliz Navidad!

Vera sonrió y asintió con la cabeza. Dejó que su hermano cotillease por encima de su hombro mientras ella avanzaba por el juego y echaba a volar en una de aquellas gigantescas águilas en dirección a la ciudad principal.

—Tiene unos gráficos de la hostia —comentó Diego.

—Siempre los ha tenido, pero el otro ordenador era una tostadora —comentó Vera—. Y puede ser mejor.

—¿Cómo?

Vera miró a su hermano, que la observaba interrogante.

—Izan, voy a tardar un poco más, ¿vale? —dijo a punto de quitarse los auriculares—. Voy a enseñarle a mi hermano lo de las gafas, estoy *afk*.

—Vale, por aquí estaré, pasadlo bien —respondió Izan.

Vera salió de Discord, aunque dejó que Sandalveth siguiera volando. Se levantó de la silla y abrió el armario en busca de la enorme caja con el set de realidad virtual de Reinos que le había regalado Izan. Cuando Diego lo vio, soltó un silbido.

—Pero, ¿y ese mamotreto? —preguntó sorprendido.

—Nos tocó en un sorteo —explicó Vera—. Es una pasada, ya lo verás.

Pasaron el resto de la mañana probando las gafas y los guantes, aunque Vera enseguida se dio cuenta de que sería imposible que utilizase el hacha cómodamente en su habitación. Tenía demasiado poco espacio y terminaría por destrozar la lámpara. Por suerte, descubrió que el mango del hacha se desprendía de todo lo demás, que era meramente decorativo, así que podría seguir utilizándolo para jugar.

Descubrió también que su hermano gozaba de la realidad virtual y del juego igual que ella. Tanto que supo que quizá le pidiera volver a probarlo en el futuro y ella sabía que no podría decirle que no.

—Tenemos que enseñárselo a mamá —sugirió Diego, aún con las gafas puestas, mientras miraba a su alrededor y se movía erráticamente por la habitación—. Va a flipar.

—Sí, a ver si cambia un poco el concepto que tiene sobre los videojuegos —rio Vera.

—Eh, yo creo que ya has conseguido que cambie. Date por contenta y no pidas milagros.

—Vale, sí —accedió Vera—. Ahora me dejas jugar ya, ¿por favor?

—Espera —la detuvo Diego y Vera lo vio alzar los brazos, como si intentara agarrar algo—. ¿Crees que puedo subirme a ese árbol?

—¡Cuidado, que me vas a matar a Sanda!

—Déjame, canija.

Vera se echó a reír y Diego rio con ella. Lo cierto es que le daba pena quitárselo, hacía mucho que no le veía pasárselo así de bien y supo que él también tenía derecho a evadirse de la realidad como hacía ella.

21

La vuelta al instituto fue rutinaria, de nuevo tocaba concentrarse en las clases y aguardar con anhelo la llegada de cada fin de semana. A veces Izan iba a verla —la mayoría— y otras veces era ella la que se acercaba a Madrid. Habían recuperado algo que a ambos les hacía muy felices y era que podían pasar cada día de la semana varias horas jugando a *Reinos de Alanar* y divirtiéndose juntos.

Encarnar de nuevo a Sandalveth y a Efarin fue reconfortante y Vera no tardó en ponerse al día con el juego y disfrutar de todo el contenido que se había perdido. Además, con el ordenador nuevo podían hacer cosas que antes tenían prohibidas. De ese modo, se convirtieron en compañeros de arenas y Vera descubrió que se le daba bien el PvP («Player *versus* Player»), aunque quizá fuera mérito de Izan, que siempre había sido un hechicero habilidoso.

Aquella tarde de viernes la pasaron jugando. Habitualmente, los viernes Vera quedaba con Alma, pero la joven se había marchado de Guadalajara para hacer no-se-qué con sus primas y Vera no había resistido la oportunidad de pasarse la tarde entera viciando al videojuego. Además, al día siguiente sería uno de esos extraños sábados en que no podría ver a Izan y, aunque lo entendía, quería pasar todo el tiempo que pudiera con él.

—Te voy a echar de menos mañana —le dijo, mientras los dos aguardaban los siguientes contrincantes en el centro del estadio de combate.

—Y yo a ti, pero se lo prometí a Nando.

—No te rayes. Es su cumple, no nos vamos a morir por estar una semana sin vernos.

—Bueno, esa es tu opinión.

Acompañó sus palabras con una animación dentro del juego. Efarin fingió su muerte y se tiró al suelo dramáticamente. Vera se rio e hizo que Sandalveth saltase sobre el supuesto cadáver de su compañero silfo.

—¿Qué vais a hacer?

—Nos vamos a su pueblo —le explicó—. Está en algún lugar remoto de Soria, así que no me extrañaría que nos perdiéramos y nos comieran los lobos o algo así.

Vera se echó a reír de nuevo imaginándoselos a los cuatro enfrentarse a una manada de lobos, aunque dudaba de verdad que en Soria hubiera animales salvajes peligrosos.

—Creo que ha preparado una pequeña campaña de rol. Llevamos hablándolo un tiempo, pero es difícil que nos reunamos todos para jugar… Así que va a ser un fin de semana intenso.

—¿Vas a llevar hechicero también?

—No, no, no. ¿Por quién me tomas? —Izan mantuvo el suspense unos instantes y después soltó una risa—. Esta vez me toca brujo. ¿Qué le voy a hacer? ¡Me encanta la magia! Eso de poner el pecho no va conmigo.

Vera rio de nuevo, esta vez tan alto que temió que su madre entrase en la habitación para llamarle la atención.

—Espero que os lo paséis genial —deseó con sinceridad—. Ya me contarás si os come el cubo de gelatina o no.

—A mí no, ya te lo digo yo —respondió Izan muy seguro.

Antes de que Vera volviese a responder, un aquarántido y un enano saltaron a la arena y tuvo que hacer que Sandalveth se pusiera en guardia. Efarin se levantó del suelo de un salto e invocó al fuego, que acudió a sus manos obediente.

—¿Listo? —preguntó Vera.

—Dale, mi guerrera —respondió Izan.

Una media sonrisa se dibujó en el rostro de Vera mientras hacía que Sandalveth lanzase un grito de guerra y cargase contra sus rivales.

* * *

El sábado que le esperaba a Vera por delante iba a ser uno de los más tranquilos que recordaba. No podía ver a Izan y Alma también estaba fuera de la ciudad. Su madre trabajaba y Diego había quedado con Ismael, así que estaba sola y pensaba pasar el día entero jugando. Aprovecharía para hacer algunas cosas que había ido dejando pendientes para cuando no pudiera jugar con Izan, como buscar transfiguraciones para Sandalveth o hacer misiones secundarias que no había terminado.

Sabía que tenía algún que otro trabajo pendiente para clase, pero podía permitirse descansar y, además, tenía igual de libre el domingo.

Acababa de terminar de comer y estaba limpiando los cacharros cuando oyó que el teléfono de casa comenzaba a sonar, así que cerró el grifo y se apresuró a secarse las manos para cogerlo. Lo cierto era que apenas utilizaban el fijo, pero a veces su abuela o sus tías llamaban y no le extrañaba que no supieran que su madre estaba trabajando.

Sin embargo, cuando descolgó, la voz masculina que sonó al otro lado hizo que se le helara la sangre en las venas.

—¿Familiares de Diego López Moya?

—Eh, sí —respondió Vera, pero antes de que añadiera algo más, el hombre siguió hablando.

—Llamamos desde el hospital. Diego acaba de entrar en urgencias después de un accidente de motocicleta.

—¿¡Qué!? —soltó Vera.

—Nos gustaría que vinieran cuanto antes para poder hablar de su situación.

—¿Pero está bien? —preguntó.

—Entren por la puerta de urgencias y pregunten en el mostrador.

—Claro, yo...

Quien estaba al otro lado colgó y Vera bajó el teléfono para quedárselo mirando paralizada. Parpadeó algunas veces y sintió cómo el corazón le martilleaba en el pecho según asimilaba la llamada.

Temblando, echó a correr a la cocina y recuperó su teléfono móvil. Llamó a su madre de inmediato, mientras, con cada tono que sonaba, le costaba más respirar. No podía ser. ¿Diego había tenido un accidente? ¿Con Ismael? ¿Por qué no le habían dicho si estaba bien? ¿A qué se refería con «hablar de su situación»?

Su madre no le cogió el teléfono y Vera hizo rellamada instantáneamente. Estaba empezando a marearse. Se dirigió al comedor dando tumbos por el pasillo mientras seguía escuchando los tonos de la llamada sin que su madre respondiera.

—Vamos, mamá —suplicó.

Se sentó en el sofá temblando como una hoja y con las manos congeladas. Su madre no respondía. Cuando la llamada se colgó por sexta vez, Vera sintió que las ganas de llorar se hacían insostenibles y marcó otro número de teléfono, aunque sabía que poco podría hacer él desde Granada.

Cuando su padre descolgó el teléfono, sintió tantísimo alivio que se echó a llorar.

—¡Hola, no esperaba que me llamases hoy! —saludó el hombre, aunque enseguida se dio cuenta de que algo iba mal—. ¿Vera? ¿Estás bien, hija?

—Ay, papá... —empezó a decir, con la voz rota, tratando de controlarse a sí misma para ser capaz de explicarle lo que está pasando—. Acaban de llamar del hospital, que han ingresado a Diego y mamá no me coge el teléfono.

—¿Está bien?

—No lo sé, me han dicho que ha tenido un accidente de moto.

Soltó un sollozo y se abrazó a sí misma sintiendo que le superaba la situación, que el mundo giraba a su alrededor a gran velocidad y ella estaba en el centro de aquel torbellino ahogándose y sin saber qué hacer o cómo reaccionar.

—Vale, Vera, escúchame —dijo su padre, serio al otro lado—. ¿Tu madre está trabajando?

—Sí —respondió sorbiéndose los mocos.

—Vale, ¿y tienes dinero? —Como Vera emitió algo parecido a un asentimiento, siguió hablando—: Coge un taxi y ve al hospital, yo me encargo de contactar a tu madre. Te llamo enseguida, ¿vale, hija?

Vera respiró hondo una, dos, tres veces, sintiendo que se ahogaba.

—No sé si puedo —murmuró—. Papá, Diego...

—Cariño, puedes —insistió el hombre—. Todo irá bien, ¿vale? Ahora vuelvo a llamarte.

Oyó cómo colgaba y Vera dejó caer el teléfono en el sofá a su lado para enterrar el rostro entre las manos llorando a todo pulmón. Se quedó unos instantes así, sin conseguir moverse y sintiendo que el torbellino giraba aún más rápido hasta asfixiarla.

Se obligó a sí misma a hacer caso a su padre, se irguió y se empujó los rizos hacia atrás con las manos, mientras miraba al techo y respiraba hondo, con el rostro empapado por las lágrimas.

No sabía si podía hacerlo, pero tenía que hacerlo.

* * *

Viviría el resto de la tarde como si estuviera dentro de un sueño; una extraña pesadilla que la zarandeaba de acá para allá y en la que ella solo era una muñeca desmadejada.

En urgencias primero le dijeron que esperara. Después de eso que, aunque fuera su hermana, era menor de edad y no podía pasar sola a los boxes. Por último se acercaron a ella para preguntarle si no había otra manera para contactar con su madre.

Su padre volvió a llamarla en varias ocasiones; primero para preguntarle por el estado de Diego, aunque como Vera no pudo decirle gran cosa siguió intentando contactar con su madre. Cuando la llamó una segunda vez y le dijo que lo había conseguido y que estaría allí lo más rápido que pudiera, Vera —que había logrado mantenerse serena en aquella sala de espera— había vuelto a echarse a llorar, aunque no tenía claro si de alivio o de angustia. Su padre permaneció con ella, al otro lado de la línea, tratando de tranquilizarla hasta que llegó su madre. La mujer tenía casi más cara de no creerse lo que estaba pasando que de miedo o preocupación. En cuanto vio a Vera y su hija la abrazó llorando, pareció darse un poco más cuenta de la realidad.

—¿Qué te han dicho? —preguntó enseguida.

—Nada, mamá. No sé lo que está pasando.

La mujer se dirigió directamente al mostrador y Vera la siguió dócilmente. Intentaba con todas sus fuerzas no echarse a llorar, aunque le ardían los ojos y la garganta. Nunca había sentido una desolación tan grande y no tenía ni idea de cómo gestionarla. Era como si se asfixiara, como si tuviera todo el peso del mundo oprimiéndole el pecho.

Lo único que les dijeron fue que el médico saldría para hablar con ellas enseguida, pero el «enseguida» parecía ser bastante relativo y no fue hasta casi media hora después cuando alguien salió preguntando por los familiares de Diego López.

Les explicaron que lo habían subido a quirófano y que de momento no podían decirles mucho más. El accidente parecía haber sido bastante aparatoso, entre una furgoneta y la motocicleta de los dos chicos. Los dos ocupantes de la moto habían salido muy malparados, aunque era pronto para decir nada más.

Vera vio cómo su madre se derrumbaba y tuvo que obligarse a mantener la cabeza un poco más fría para estar a su lado y apoyarla. La espera se les hizo eterna y Vera solo podía aferrarse a una idea: Diego estaba vivo. Durante un angustioso rato había llegado a imaginarse que le dirían lo peor, así que si estaba en quirófano era que seguía con ellas y luchando. Trataba de pensar en lo que le había dicho su padre, que todo iría bien.

Fue una de las tardes y noches más largas de toda su vida y la irrealidad primaba sobre todo, hasta el punto que ni siquiera había sido capaz de escribir a Izan. No sabía cómo explicarle lo que estaba pasando, pero una parte de ella sentía que necesitaba escuchar su voz más que nunca.

Aprovechó un momento de la noche en que su madre le pidió que saliera a buscar unos bocadillos para intentar llamarlo. Cuál fue su sorpresa al ver que su teléfono comunicaba. Cuando volvió a intentarlo, sí consiguió que le diera tono, pero su compañero no le cogió el teléfono.

«Qué demonios me pasa hoy», pensó Vera desolada, mientras caminaba por la calle bajo la luz de las farolas en dirección a una cafetería cercana.

No fue hasta la tercera vez que lo llamó sin resultado cuando recordó que Izan estaba con sus amigos en un pueblo de Soria. Pasándoselo bien, jugando al rol y ajeno a la desgracia que acababa de caer sobre ella.

Dudó si debía molestarle, pero se permitió ser egoísta. Abrió el chat que tenían juntos y le escribió.

> Llámame cuando veas esto, porfa.
> Ya sé que estás con tus amigos y que era vuestro fin de semana, pero te necesito, Izan.
> Da igual la hora a la que veas esto, ¿vale?
> Llámame, necesito escucharte.

Cuando envió el último mensaje, se dio cuenta de que la última conexión estaba congelada en las diez de la mañana. Su compañero llevaba todo el día sin revisar el teléfono y, por un momento, temió que no lo hiciera hasta el lunes. Sería lógico, sería normal, pero una parte de ella se moría de angustia. La misma que deseaba abrazarlo, enterrar la cabeza en su pecho y llorar hasta desaparecer del mundo.

Por más que miró la pantalla, los mensajes permanecieron allí, sin ser leídos, y Vera supo que no merecía la pena seguir esperando.

Se apresuró a entrar en busca de los bocadillos que había pedido su madre y regresar al hospital. No sabía cuándo tendrían noticias de Diego, aun así no quería dejar a su madre sola demasiado tiempo. Ella también la necesitaba más que nunca.

Cuando regresó al hospital sentía que le había venido bien tomar el aire para despejar la cabeza, aunque no hubiera conseguido hablar con Izan. Su madre apenas tocó el bocadillo, aunque ella, sentada a su lado, se obligó a terminarlo.

—Vete a casa si quieres, cielo —dijo en un momento dado su madre—. Va a ser una noche muy larga.

—Precisamente —respondió Vera—. No voy a irme a ningún lado, mamá.

Como la mujer había vaticinado, aquella noche fue larguísima. Después de tantas horas en el hospital, Vera tenía la sensación de que, sencillamente, el tiempo se había roto. No tenía ningún sentido que las horas pasasen tan despacio.

Las noticias que les llegaban sobre Diego eran escasas, tanto que parecía que los médicos se las daban a cuentagotas. Y al ser consciente de que no les decían a las claras que él fuese a ponerse bien, Vera sintió que se le caía el mundo encima y la presión en su pecho aumentaba. Entendía que fueran reservados, pero no necesitaban incertidumbre, necesitaban saber la verdad. Aunque al ver cómo su madre encajaba cada migaja de información que le daban, comprendió que a ella sí le servía esa esperanza, que mientras no les dieran malas noticias, cada pequeña cosa le servía.

La siguiente sorpresa llegó hacia las cuatro de la madrugada, su padre había conducido desde Granada hasta allí. Y para Vera, aunque se alegraba de que hubiera venido, ver cómo su madre y su padre se abrazaban después de tantísimo tiempo, solo hacía que incrementara aquella sensación de que todo iba tremendamente mal, que algo se había roto en el mundo.

Se quedó dormida en el banco de la sala de espera con la cabeza apoyada en el regazo de su padre y, cuando él la despertó, no supo muy bien cómo tomarse que su madre no estuviera allí.

—Diego está en la UVI —explicó su padre—. Ha salido de quirófano y parece que todo ha ido bien, pero tienen que vigilarlo.

—¿Está bien? —repitió Vera tratando de despertarse.

—Todo lo bien que puede estar, dadas las circunstancias.

Vera asintió con la cabeza, aunque no sabía muy bien cómo tomarse sus palabras. Dejó que él la llevase a casa y le aseguró que dormirían un rato y después volverían al hospital para darle el relevo a su madre, que se había quedado con Diego. Vera no discutió. Aunque a una parte de ella no le hacía gracia que su madre se quedara sola, supo que era mejor así.

Nada más llegar a casa cayó rendida encima de la cama, con la promesa de su padre de que volvería a despertarla.

22

El domingo fue casi más irreal que el sábado. Después de haber dormido —o más bien haber caído rendida encima de la cama—, empezaba a asimilar lo que había pasado. Que su hermano había tenido un accidente y estaba tan grave que no sabía lo que podía esperar. No se consideraba religiosa, pero por primera vez en muchísimo tiempo rezó a quien estuviera escuchándole para que Diego se recuperase.

Su padre y ella comieron antes de la hora habitual para poder ir al hospital y su padre preparó con cariño un *tupperware* a su madre. Vera sacó una bonita conclusión de aquel momento tan difícil: por más que sus padres hubieran roto su relación, por más que el divorcio los hubiera separado y cada uno hiciera su vida, seguían siendo una familia. Y era algo que deseaba decirle a Diego en cuanto se recuperase. Porque seguía aferrándose como a un clavo ardiendo a la idea de que él saldría adelante y todo quedaría en un susto.

Estaban en el coche cuando, por fin, le llegó la respuesta de Izan, que parecía haber leído sus últimos mensajes.

> Llámame, necesito escucharte.

> Hala, tía, qué drama.
> No voy a llamarte, estoy con mis amigos.
> ¿Qué pasa? ¿No vas a dejarme tranquilo ni un fin de semana?

Vera sintió que cada uno de aquellos mensajes le sentaba como una puñalada en lo más hondo de su corazón. Aguardó esperando que aquello fuera una especie de broma contada en mal momento, pero Izan no volvió a escribir, así que se mordió el labio inferior y tecleó un mensaje.

> Izan, de verdad, necesito hablar contigo.
> No te imaginas lo que me ha pasado.

> Que me da igual.
> Es mi fin de semana.

> No me creo que lo digas en serio.

Izan no respondió enseguida y Vera aguardó a que llegaran al hospital de nuevo y, cuando hubieron aparcado, se volvió a su padre con cara de circunstancias.

—Ve entrando, papá —le dijo—. Voy a llamar a Izan.

—Vale, no tardes —concedió el hombre.

Vera respiró hondo y se ajustó el bolso sobre el hombro, antes de apoyarse en el capó del coche de su padre y, después de releer la conversación, se atrevió a llamarlo otra vez.

La llamada consumió hasta el último de sus tonos antes de colgarse, pero Vera no se rindió y lo intentó una segunda vez. Cuando colgó, un nuevo mensaje llegó a su chat.

> Que no te lo voy a coger.
> ¿Qué parte de «este es mi fin de semana» no has entendido?

> Izan, de verdad que necesito hablar contigo.

> Ya, pero yo no.

Vera sintió que aquellas palabras acuchillaban su ya maltrecho corazón después de lo mal que lo había pasado las últimas horas. Sintió que las lágrimas acudían a sus ojos, pero las contuvo, apretó la mandíbula e insistió una vez más.

> Déjame explicártelo.

> El lunes.
> Pásalo bien, moza.

Vera salió del chat furiosa. No podía creerse que su compañero estuviera comportándose así. Ella ya había dudado si debía molestarle o no y le había costado decidirse. No lo hubiera hecho si no fuera por una razón de peso. Pensó en seguir llamándole hasta que accediese a coger su llamada, pero lo pensó mejor.

Una Vera que no conocía surgió del dolor que había acumulado en su pecho y fue la que hizo que guardase el móvil en el bolsillo dispuesta a ignorarlo indefinidamente.

«Muy bien», se dijo dolida. «Tú lo has querido».

* * *

Ver a su hermano en aquel estado sería una imagen que le costaría olvidar. Dormido, conectado a tubos y máquinas mientras el incesante pitido que mostraba el latido regular de su corazón era lo único que llenaba la sala. Eso, y el ir y venir del respirador.

Diego estaba palidísimo, lo que resaltaba aún más que estaba algo amoratado.

—Está… —empezó a decir Vera.

La habían dejado pasar hasta la UVI, pero solo podía hacerlo con su madre y no demasiado rato. Vera deseaba ver a su hermano con todas sus fuerzas, aunque ahora supo por qué habían tenido tantos reparos en dejarle hacerlo.

—Dicen los médicos que saldrá de esta —aseguró su madre, y Vera supo que se repetía aquellas palabras como si fueran algún tipo de mantra—. Dicen que el casco le salvó la vida.

—¿Se ha despertado? —preguntó.

—Aún no. —La mujer se acercó a la cabecera de la cama y acarició la cabeza de su hermano peinándole aquellos rizos rebeldes que se parecían tanto a los suyos—. Pero me han dicho una cosa que tienes que saber, cariño.

—¿Qué pasa? —preguntó Vera asustada.

—Me han dicho que es posible que no pueda volver a andar —explicó su madre mirándola fijamente a los ojos—. Aún es pronto para saberlo; dicen que los nervios de su columna han sufrido muchos daños.

—Oh, dios mío, Diego...

Vera se acercó al sofá que había en la esquina de la habitación, en el que su madre había pasado la noche, y se sentó llevándose las manos a la cabeza para hundir los dedos entre su cabello, gesto que siempre la había reconfortado, aunque en aquella ocasión no pareció tranquilizarla demasiado.

—Sé que suena mal, cielo —siguió diciendo la mujer—. Ahora mismo, con todo lo que ha pasado... Solo quiero que vuelva a casa.

Vera no pudo estar más de acuerdo con su madre, aunque sabía que las cosas no serían tan sencillas. Claro que lo importante era que Diego saliera adelante, pero su vida habría cambiado por completo.

—Y todo por un estúpido accidente —murmuró derrotada—. ¿Se sabe algo de Isma?

—Está mejor que él —dijo la mujer, sin dejar de acariciar la frente de Diego—. Sé que también está ingresado y fuera de peligro... a él no le hicieron falta operaciones.

—Eso está bien —susurró Vera.

Su madre asintió con la cabeza con expresión indescifrable. No parecía muy convencida y Vera la dejó quedarse entre sus propios pensamientos, mientras ella también asimilaba lo que estaba pasando.

¿Cómo era posible que se torciese todo en tan poco tiempo?

Se sentía tan desolada y tan triste por todo lo que estaba pasando que casi se le había olvidado el enfado que tenía con Izan. Aún le resultaba impresionante que él actuase así, pero no tenía tiempo de pensar en ello, ahora tenía cosas más importantes por las que preocuparse.

—Papá quiere que vayas a casa a descansar —dijo recordando lo que él le había dicho—. Necesitas dormir.

—No voy a dejarle solo —zanjó su madre sin entrar en discusiones.

—No lo va a estar. Papá se quedará con él algunas horas hasta que tú descanses y puedas volver.

La madre de Vera se volvió para mirarla y, aunque no dijo nada enseguida, terminó por asentir con la cabeza. Vera se forzó a sonreír, aunque fuera un poco. Aquella era una pequeña victoria, para lo mal que había ido el fin de semana.

* * *

Mientras su madre dormía, Vera intentó centrarse en los deberes que aún tenía pendientes para el día siguiente, aunque tenía que admitir que tenía la cabeza en otro sitio.

Le había dicho a su madre que pensaba ir a clase. Ella no podía hacer nada por la salud de Diego y estar en casa solo haría que se le cayeran las paredes encima. Ni siquiera le apetecía jugar a Reinos, porque le recordaba a Izan y se cabreaba de solo pensarlo.

Había pasado parte de la tarde hablando con Alma, echada en la cama y llorando de vez en cuando. Soltando todo lo que tenía encima y despotricando sobre Izan y su poca delicadeza.

—A veces hasta el mejor de los tíos puede ser un capullo —había dicho Alma, y Vera no había podido estar más de acuerdo.

Había intentado hacer autocrítica y, por más que estuviera bastante obsesionada con su pareja y su relación, por más feliz que fuese y por más ganas que tuviera de estar con él, nunca se había sentido controladora. Siempre le había dado la sensación de que él iba a verla porque quería, jugaba con ella porque quería y hablaba con ella porque quería. No creía estar siendo posesiva, ni estar apartándole de sus amigos, como le había dado a entender. ¿Le había agobiado? Le extrañaba que fuera así y aún le costaba más creerse que, de ser así, él no se hubiera atrevido a hablar las cosas como personas normales y no con aquella absurda rabieta y negándose a cogerle el teléfono.

Definitivamente no entendía nada y, cuanto más lo pensaba, más se enfadaba.

Por eso, cuando él la llamó, sorprendiéndola mientras terminaba unos ejercicios de sintaxis, dejó que el teléfono sonase hasta que se colgó solo. Cuando llamó la segunda vez, repitió el proceso, dispuesta a ignorarle con siniestro placer.

«¿A que jode?», querría decirle. Aun así, no pensaba cogerle el teléfono de ninguno de los modos.

Terminó los ejercicios de Lengua y echó un vistazo a la agenda para comprobar las tareas que tenía pendientes para aquella semana. Tenía que entregar algunas láminas de Dibujo Técnico y preparar materiales para la clase de Dibujo del martes, pero nada que requiriera su atención inmediata.

El que sí intentaba reclamar su atención era Izan, que, después de unos cuantos intentos de llamada, había empezado a escribirle por WhatsApp. Resopló y cogió el móvil, aunque seguía dispuesta a ignorarle.

> Vera, coge el teléfono.
> Necesito hablar contigo y explicarte lo que ha pasado.
> En Soria tenía poca cobertura y luego me quedé sin batería.
> No he visto tus mensajes hasta ahora que hemos vuelto a Madrid.
> Por favor, coge el teléfono.
> Dime qué ha pasado, cuéntamelo.
> Vera, por favor, no hagas esto.
> ¡Estás en línea!
> Por favor, sé que me estás leyendo, no me ignores.
> No ha pasado lo que crees que ha pasado, déjame explicártelo.

Antes de que decidiera qué contestarle —si es que decidía hacerlo—, Izan volvió a llamarla y Vera dejó el móvil encima de la mesa con un chasquido de lengua. Le fastidiaba su actitud, incluso que suplicase cuando para él había sido tan sencillo ignorar sus súplicas. No pensaba cogerlo. No solo porque era consciente de que no podría hacerlo sin echarse a llorar, sino porque la nueva Vera que acababa de descubrir, y que parecía dispuesta a proteger lo que quedaba de su corazón a toda costa, aún estaba lo suficientemente enfadada como para mantenerse firme en su decisión. Y esa parte de ella era demasiado orgullosa como para aceptar que se moría de ganas de volver a escucharle y decirle que seguía queriéndole pese a todo, que había sido el peor fin de semana de su vida y que le necesitaba más que nunca.

Dejó que la llamada volviera a colgarse y tomó una decisión. Cogió el teléfono y escribió.

> No quiero hablar.

> Vera, por favor.
> Tienes que dejarme explicarte lo que ha pasado.

> Pasa de mí, ¿quieres?

> No voy a hacer eso.

> No te queda otra. Ya hablaremos.

> ¿Qué? Vera, por favor.

Vera bloqueó el número de Izan y miró un momento la ventana de chat, a sabiendas que no volverían a entrar mensajes suyos hasta que ella lo decidiese. Le dolía, pero en aquella ocasión venció el orgullo. Estaba siendo egoísta y lo sabía. Se lo merecía. Ahora mismo solo le importaba una cosa y era que su hermano volviera a casa.

23

Vera se había visto obligada a ignorar el teléfono por completo, porque después de bloquear a Izan, Alex, uno de sus amigos, le había abierto conversación para intentar hablar con ella, pero ella ni siquiera se había molestado en leer sus numerosos mensajes. No sabía si pretendía excusar a su amigo o si estaban juntos e Izan intentaba seguir hablando con ella desde otro canal. Fuera como fuese, había decidido que no volvería a hablarle hasta que ella quisiera, o estuviera lista, o que la Vera que le echaba de menos ganase la partida a la Vera orgullosa.

El día en clase fue extraño y, aunque no tenía el cuerpo para fiestas, dejó que Alma intentase animarla con bromas que lograron hacerla reír por primera vez en más de dos días.

Tal y como le había dicho a su madre, ir al instituto le venía bien para no darle demasiadas vueltas a la cabeza. Concentrarse por entender lo que sus profesores le explicaban mantenía ocupadas todas sus neuronas. Después del recreo, además, tenían tres horas de Dibujo Artístico, su asignatura favorita. Al menos podría darle pinceladas coloridas a unos días que habían sido más que grises.

Alma y ella salieron al recreo como era habitual, abriendo sus respectivos bocadillos y dirigiéndose al banco de la zona ajardinada que había junto a la escuela que ya consideraban suyo. Cuál fue su sorpresa al ver que estaba ocupado.

—Es… —empezó Alma.

—No me jodas —murmuró Vera.

Por encima del enfado o del orgullo, su corazón empezó a latir con fuerza al distinguir el pelo rubio de Izan, que aguardaba sentado en el respaldo del banco, con su mochila apoyada en el suelo a su lado y envuelto en su abrigo negro. Aún no parecía haberse dado cuenta de que se acercaban y Vera no tenía muy claro si quería verlo o decirle a Alma que dieran la vuelta y fueran a otro sitio.

Respiró hondo y supo que no tendría corazón para hacer aquello. Por todo saludo, alzó la voz:

—¿Tú no tendrías que estar en clase? —le preguntó.

Izan giró la cabeza hacia ella y Vera sintió que se derretía al ver cómo sus ojos azules se clavaban en ella, con una mezcla de alivio y preocupación evidente en ellos.

—Pues nada —dijo Alma—. Voy a ver si Sandra y las otras están donde siempre.

Vera e Izan se despidieron de ella con un gesto, aunque Vera estaba confusa, pillada fuera de juego y tremendamente incómoda.

—¿Qué haces aquí? —le preguntó en tono de reproche.

—No me coges el teléfono —resumió Izan—. Y yo necesitaba hablar contigo, así que…

—No quiero tus excusas —soltó—. Ya tengo suficiente con lo que tengo, ¿sabes?

—No, claro que no lo sé.

Izan la miraba muy serio, con el ceño fruncido y una expresión que nunca había visto en él. ¿Casi parecía que él también estuviera enfadado? Vera resopló, aquello sí que era injusto.

Dejó su bandolera en el suelo airada y se sentó en el banco dándole la espalda y dispuesta a comerse su bocadillo.

—¿Me vas a contar lo que te pasa? —dijo Izan, que, por su tono de voz, parecía intentar mantener la calma.

—Ya lo intenté e hiciste poco menos que llamarme pesada.

—Llevo intentando explicártelo desde anoche —continuó Izan. Respiró hondo antes de seguir hablando—. Estos me cogieron el teléfono mientras estábamos en Soria. Yo no sé dónde lo dejé, pero fueron ellos los que hablaron contigo a mis espaldas y no me dijeron nada. Y luego debió acabarse la batería, pero no le di más importancia. Vi tus mensajes cuando llegué ayer a casa y me encontré con todo lo que habían hecho. La que habían liado. —Vera se giró para mirarle a la cara y supo que sus ojos no le mentían, sobre todo porque estaba tremendamente serio, más de lo que lo había visto nunca—. He tenido una bronca enorme con ellos por lo que hicieron. No voy a dejar que una de sus putas bromitas nos arruine la relación, ¿me has oído? Me dan igual las clases, me da igual todo. No iba a dejar que te enfadases conmigo por algo que no he hecho.

Vera cerró los ojos y respiró hondo. Sentía que aún le dolía el corazón, pero también que todo cobraba sentido de nuevo y que el orgullo se desvanecía poco a poco.

—¿Vas a seguir sin hablarme? —preguntó Izan, y Vera descubrió algo nuevo en su voz, que estaba dolido. Más de lo que quería hacerle ver—. Llevo histérico desde anoche. Llego a casa, me encuentro con que me has llamado tropecientas veces, que me has pedido que te llamara, que necesitabas hablar conmigo. ¿Y por culpa de estos gilipollas ahora no quieres hacerlo?

—Ya está, olvídalo —murmuró Vera.

Suspiró y, agotada, dejo caer la cabeza contra él. Se apoyó contra su pierna sintiendo que no tenía fuerzas para nada más.

—No voy a olvidarlo —replicó Izan.

—Te creo —respondió Vera alzando la cabeza para mirarlo a los ojos—. No te pegaba haberme dicho eso. Te conozco, tú no eres así.

Izan respiró hondo una vez más, pero el alivio asomó a sus ojos azules.

—¿Y por qué no me dejaste explicártelo, cabezota? Podríamos haberlo arreglado con una llamada.

Vera torció el gesto y apartó la mirada. No era tan fácil, él no lo entendía. Aquel fin de semana había sido horrible y lo que había pasado entre ellos solo había sido la guinda del pastel que había terminado por hundirla. Aún apoyada contra su pierna se echó a llorar suavemente, aunque no sabía si lo hacía de alivio al saber que Izan no era el capullo que pensaba que era o porque sencillamente llevaba todo el día intentando demostrar que era más fuerte de lo que era en realidad.

—Eh, Vera... —murmuró Izan al darse cuenta de que ella se había puesto a llorar. Se dejó caer del respaldo del banco para sentarse a su lado y trató de hacer que ella lo mirase a los ojos—. Eh, tranquila, ¿vale? Sea lo que sea, lo arreglaremos.

—No lo entiendes, no hay nada que se pueda arreglar.

Izan la miró con cara de circunstancias y Vera comprendió que no podía seguir sin contarle todo lo que había pasado. Era estúpido, además, pues él seguiría pensando que lo que le pasaba era que estaba afectada por su estúpida discusión.

—Mi hermano casi se mata este fin de semana —dijo tratando de serenarse y explicarle la situación—. Tuvo un accidente de moto el sábado.

—No me jodas —soltó Izan, que se había quedado lívido.

—Ha sido… —empezó a decir Vera, que tuvo que dejar de hablar para sorberse los mocos y respirar hondo—. Han sido los peores días de mi vida.

Izan no dijo nada más, estiró el brazo para rodear sus hombros y la atrajo hacia sí para abrazarla. Vera se refugió en su pecho y lloró todas las lágrimas que pensaba que ya no le quedaban. Con Izan a su lado acariciando sus rizos morenos, parecía que hubiera abierto un grifo y todo lo que sentía salió de ella a borbotones.

—Llamaron a casa para decir que lo ingresaban —explicó entre el llanto—. Mi madre no me cogía el teléfono, después no querían decirme nada, si estaba bien o no, ni qué había pasado… Pasó horas en el quirófano. Yo pensé que se moría, de verdad, que no salía de esta.

—Mi niña… —murmuró Izan estrechándola con fuerza.

—Los médicos dicen que ha pasado lo peor, aunque todavía lo tienen en la UVI.

—Eso es bueno —respondió Izan. La obligó a separarse un poco de él para mirarla a los ojos y le limpió las lágrimas con las yemas de los dedos con infinito cariño——. Se pondrá bien, ya lo verás.

——No lo sé ——insistió Vera. Le cogió la mano y entrelazó sus dedos——. Nos han dicho que está vivo de milagro, que puede que no vuelva a andar.

Izan apretó la mandíbula, pero oprimió aún más la mano que tenían asida y se acercó más a ella para darle un beso en la frente.

——Todo irá bien, seguro ——insistió.

Vera asintió con la cabeza y se pegó a él, dejando caer la cabeza sobre su hombro mientras él aún la rodeaba con el brazo.

——Siento no haber estado ——susurró Izan——. Joder, lo siento muchísimo.

——No es tu culpa, no podías saberlo.

——Y a estos… ——Parecía realmente enfadado cuando empezó a hablar——. Como vuelvan a hacer algo así te juro que les parto la cara.

——No te pongas así, *porfa*.

Izan no respondió, pero volvió a darle un beso en la frente. Una parte de Vera estaba de acuerdo con el cabreo de Izan; sus amigos habían cruzado una raya que no debían haber traspasado. Pese a todo, y aunque no los excusaba, nadie podía saber lo que ella estaba pasando.

——Tendrías que estar en clase ——murmuró Vera, cuando fue consciente de que la gente de su instituto volvía a acercarse a la escuela, que el recreo había terminado y que ella también debería volver a entrar.

——Estoy donde quiero estar ——contestó Izan.

Vera levantó la cabeza de su hombro y lo miró a los ojos.

Ya no había enfado en sus ojos, solo preocupación y un hondo cariño.

—Y yo también —le dijo, y suspiró consciente de que no iría al resto de las clases—. Gracias por haber venido.

—No me las des. No iba a dejar las cosas así, me importas demasiado.

Aquel sí era su Izan y no el que había hablado con ella por WhatsApp. Se reprendía a sí misma por no haber sido capaz de reconocer que algo extraño estaba pasando, que era imposible que él le dedicase unas palabras tan dolorosas. Su relación siempre había ido bien, eran sinceros el uno con el otro desde que se conocían, tenían una base más que sólida y quería pensar que siempre podrían hablar y solucionar los malentendidos antes de que se convirtieran en problemas. Se sentía una estúpida por haberle creído capaz de hacerle algo así. Se acercó un poco más a él y volvió a apoyar la cabeza en su hombro. Izan la rodeó con su brazo y Vera permitió que su presencia la llenase y que sanase poco a poco su corazón, que se había roto en demasiados fragmentos en los últimos días.

24

El día en que Diego regresó a su casa, después de dos semanas de ingreso, fue para Vera como un día de Navidad. Era sábado, así que cuando su madre le llamó para decirle que su hermano volvía a casa, Izan estaba con ella. Fue un momento muy emocionante, porque, aunque había podido verlo en varias ocasiones a lo largo de aquellas semanas, saber que volvía a casa suponía ver algo más de luz en la incertidumbre en que había estado envuelta su situación. Sabían que tardaría en recuperarse del todo y que su vida tardaría aún más en ser la misma, pero era un primer paso.

Vera tuvo la idea de ir corriendo al supermercado y comprar una tarta para recibirle, por lo que Izan y ella no estaban en casa en el momento en que su madre y Diego regresaron. Cuando los dos llegaron a casa, la luz del salón estaba encendida y Vera estaba muy ilusionada.

—¡Ya estamos aquí! —anunció.

Su madre estaba hablando por teléfono y los saludó con la mano, mientras abandonaba el salón. Según entraron, Diego le dedicó una amplísima sonrisa y Vera le devolvió el gesto. Sabía que le costaría acostumbrarse a verlo en aquella silla de ruedas, pero estaba decidida a apoyar a su hermano y hacer todo lo que pudiera por él.

—¿Dónde estabas, canija?

—Hemos ido a comprarte algo —anunció Vera, e Izan, por toda respuesta, le mostró que llevaba consigo una bolsa de supermercado.

Vera se acercó a abrazar a su hermano, aunque casi temía hacerle daño y Diego, al notarlo, empezó a protestar en broma.

—Ay, ay, cuidado, no hagas daño a tu anciano hermano.

—¿Anciano? —rio Vera.

—La espalda de uno de ochenta, tengo —replicó Diego.

Vera sabía que en parte era cierto, pero también que él exageraba. Los meses siguientes serían complicados y le tocaría hacer mucha rehabilitación. Aun así, ya sabían que su estancia en la silla de ruedas sería larga pero temporal. Les habían explicado que su recuperación había ido mucho mejor de lo que habían esperado y, aunque Diego no estuviera listo para correr maratones, volvería a caminar.

Con el tiempo, claro.

—¿Isma va a venir? —le preguntó, y se apartó de él para volver a colocarse cerca de Izan, que, por más que últimamente hubiera pasado mucho tiempo con su familia, aún seguía bastante cortado.

Diego miró un momento su teléfono y asintió con la cabeza.

—Está en el autobús —respondió.

—Entonces esperamos —concluyó Vera cogiendo la bolsa de las manos de Izan para llevarla a la cocina.

—Eh, eh, eh, ¿y mi regalo? —protestó Diego, mientras ella se marchaba pasillo arriba.

—Te hemos comprado una tarta. De limón, que sé que es tu favorita, pero espérate a que estemos todos.

—Mi hermana es una aguafiestas, no sé cómo la aguantas —le dijo Diego a Izan.

—¡Te he oído! —chilló Vera desde la cocina.

Izan se echó a reír y Diego lo hizo con él. Cuando Vera regresó, los miró a los dos con reproche, lo que solo hizo que acrecentar las carcajadas de los chicos.

* * *

—No quiero que te vayas —protestó Vera.

Izan y ella habían decidido dar un paseo antes de que él tuviera que coger el último cercanías y volver a casa.

—Nos veremos en Alanar —prometió Izan.

—Ya, pero jo.

Izan la hizo detenerse en su caminar y Vera se giró hacia él, a sabiendas de lo que pretendía. Dejó que la agarrase de la cintura y tirase de ella para echarle los brazos al cuello cuando él la besó.

Había sido una tarde especial; las piezas de la vida de Vera volvían a encajar poco a poco y, con la vuelta de su hermano a casa, todo iría mejor. Su padre había prometido ir a verle la semana siguiente y, para sorpresa de Vera, su madre había estado muy de acuerdo con la idea. Parecía que el desgraciado accidente de Diego había vuelto a unirles. Aunque Vera tenía clarísimo que sus padres nunca volverían a estar juntos, le agradaba la idea de que, al menos, pudieran llegar a ser buenos amigos.

—Ahora que Diego ha vuelto a casa y que volveréis a estar un poco más tranquilos, iba a proponerte una cosa —empezó a decir Izan cuando reemprendieron el camino en dirección a la estación.

—Ya, ya sé que llevo mucho sin ir yo a Madrid —empezó a decir Vera oprimiendo su mano con cariño—. La semana que viene mi padre nos visita, pero a la siguiente te prometo que soy yo la que se chupa las horas de tren.

Izan se echó a reír suavemente.

—Dentro de dos semanas es San Valentín —recordó Izan.

—¿Ah sí?

Vera lo miró sorprendida. No porque él estuviera pendiente de las fechas —en otras circunstancias ella también lo habría estado—, sino porque ni siquiera se había dado cuenta de que enero estaba por terminar.

—Sí —asintió Izan—. Y estaba pensando que, si te apetece, podríamos hacer un viajecito tú y yo juntos.

El corazón de Vera comenzó a latir con fuerza ante la idea, que no podía resultar más atractiva.

—Ay, me encantaría.

—Después de todo lo que ha pasado, creo que te mereces desconectar un poco —siguió diciendo Izan oprimiendo con cariño su mano y acariciándole el dorso con el pulgar—. Bueno, hacer algo más que jugar a Reinos hasta la madrugada, ya me entiendes.

Vera sonrió y asintió con la cabeza.

—Me apetece muchísimo —respondió—. Estoy deseando que volvamos a dormir juntos.

—Y yo.

Vera lo miró y suspiró, de nuevo sentía el pecho henchido de felicidad solo de pensar en viajar con él un fin de semana. Le daba igual a dónde, con tal de que fueran juntos, incluso le hormigueaban las manos al pensar en volver a dormir abrazada a él.

—Voy a ser una aguafiestas, como dice mi hermano —dijo, sin embargo—. Tenemos que buscar algo baratito, ¿vale?

—No te preocupes por eso —la cortó Izan—. Será mi regalo, ¿vale?

—Vale, entonces tendré que buscar algo yo también —respondió.

—No hace falta, mi regalo es que vengas.

Vera se echó a reír. A veces Izan hacía las cosas tremendamente sencillas y su energía era contagiosa.

Llegaron a la estación bastante antes de que llegase el tren y se sentaron juntos en uno de los bancos del andén, haciendo planes para el viaje de dentro de un par de semanas. A veces charlaban animadamente, otras veces solo se miraban y compartían dulces besos y caricias. Le daba igual a dónde fueran o qué pasara, siempre que Izan la acompañase con esos ojos azules que la tenían hechizada. En aquellos momentos el mundo entero desaparecía para Vera, solo estaban ellos dos.

AGRADECIMIENTOS

Suele costarme más enfrentarme a esta página de agradecimientos que a la primera página en blanco de una novela. Sobre todo, cuando es una historia como esta, que nació prácticamente sola. Creo que *Si rompemos las barreras* es, hasta la fecha, mi novela más personal. Por muchas razones, pero sobre todo porque me he visto muchas ocasiones en la misma tesitura que Vera, de estar más cómoda en el mundo digital que en mi vida diaria, de relaciones a distancia y lágrimas en un andén.

Por eso, estos en estos agradecimientos tengo que empezar dando las gracias a todas las personas que me ayudaron a sobrevivir en mis peores momentos. Ahora mismo se me ocurren tantos nombres que sé que si los enumerase a todos no cabrían en estas páginas (a fin de cuentas, soy una millenial que ha crecido mientras internet crecía también), foros de rol y literarios, redes sociales, videojuegos... Son tantos momentos que solo puedo daros las gracias por haber sido parte de mi vida. Tengo que hacer una mención especial a las cuatro personas que me enseñaron que era posible romper las barreras entre el mundo digital y el real, que una amistad a distancia puede ser más real que muchas otras. Estáis en la dedicatoria de este libro, estáis en estos agradecimientos y estaréis en mí siempre, porque vosotros me ayudasteis a transformarme en la persona que soy.

Gracias a mi familia por apoyarme siempre, especialmente a mi madre por entender que «las maquinitas» puedan ser una parte importante de la vida de una persona, incluso cuando las carcajadas a horas intempestivas mías y de mi hermano le costaban horas de sueño.

Los betas de esta historia tienen el cielo ganado por su implicación y apoyo, sobre todo con el tiempo tan justo que teníamos (había una fecha límite muy clara, ya que *Si rompemos las barreras* fue presentada al Premio Neo y era mi último año, así que no podía dejarlo para próximas convocatorias). Tengo que daros unas gracias muy especiales. A Alberto, por mantener la lumbre encendida mientras yo escribía sin parar. A Jeny y Sara por fangirlear conmigo y adoptar a Vera e Izan, aunque sé que os faltó picante en su relación. A Antía, mi compañera Cylconita, por echarme una mano con la novela contra reloj incluso cuando no era de tu género favorito.

A Raquel Tirado, Isabel Pedrero y Nessa Ojosnegros (con nombres y apellidos porque son escritoras talentosísimas y más os vale seguirles la pista) por ser mis mayores pilares de apoyo dentro de este mundillo de la escritura. Gracias por escuchar mis inseguridades, por chillar conmigo por las buenas noticias y por emocionaros casi más que yo con cada pequeño logro.

A toda la gente que me sigue en redes sociales, especialmente a las comunidades de X e Instagram. Sois mi inspiración diaria, mis ganas de seguir cuando estoy a punto de tirar la toalla, sois compartir preocupaciones y alegrías. Me hacéis sentir acompañada.

Gracias a todo el equipo de Plataforma Neo por confiar en mí y en esta historia, por hacerme sentir en casa y ayudarme a cumplir mi sueño un poquito más.

Y a ti, que estás leyendo estas líneas, gracias por darle una oportunidad a *Si rompemos las barreras*. Espero de corazón que, al igual que Vera, encuentres un lugar donde ser tú misma con la seguridad de que estás en un sitio seguro dónde ser feliz.

Tu opinión es importante.

Por favor, haznos llegar tus comentarios a través
de nuestra web y nuestras redes sociales:

www.plataformaneo.com
www.facebook.com/plataformaneo
@plataformaneo

Plataforma Editorial planta un árbol
por cada título publicado.